ブラックギルドを追放された神級魔法使い、
奴隷に愛され大逆転！
～鍛錬はベッドの上で過激に!?～
赤川ミカミ
Mikami Akagawa
illust: ひなづか涼
KiNG novels

獣人族の元気娘
サバーカ

村の親切お姉さん
シュティーア
健気な奴隷少女
カナリア

「クロート様、んっ」

三人がベッドの上で、俺を待っている。

彼女たちは並んで、その足を広げていた。

秘められた場所が露になり、こちらを誘っている。

先ほどの奉仕ですっかり濡れたそこに、目を奪われた。

「クロート、きて……」

「こっちも、んっ、準備できてる……」

シュティーアとサバーカも、そう言って、
うるんだ花園を見せてくるのだった。

ブラックギルドを追放された神級魔法使い、奴隷に愛され大逆転！
〜鍛錬はベッドの上で過激に!?〜

赤川ミカミ
illust：ひなづか涼

KiNG novels

ブラックギルドを追放された神級魔法使い、奴隷に愛され大逆転！

contents

プロローグ　元ブラックギルドの神級魔法使い

大きな街からは遠く離れた、片田舎の村。

かつて俺が過ごしていた街と比べると、人口も少なく、村自体も小さいものだ。

しかし、ここに来てほんとうによかったと思う。

かつて俺は、限りなくブラックな労働環境のギルドで働いていた。

田舎育ちの俺が仕事を探すために街へ出て……なんとか就職できたのが、そのギルドだけだったからだ。

その頃はいつも夜遅くまで残業し、疲れ果てて家に帰るだけという、そんな暮らしだった。

ブラックなギルドは他にもたくさんあったためか、遅い時間でもある程度の店は開いていて、街はいつだって、夜とはいえ賑やかでとても明るかった。

だが、この村は違う。

夜になればそこら中が静かになり、明かりもどんどん消えていく。

休むべき時間には、きちんと休める場所なのだ。

都会のように流行のアイテムや華やかな町並みもなく、オシャレな住人による華やかさはないけれど……。

俺にとっては、今のほうが性《しょう》に合っていた。

ブラックな生活や人混みの喧騒を離れた、のんびりとした暮らし……。

それにブラック時代と違い、毎日感謝までされるという居心地の良さ。

そんな暮らしで、すっかりと心身共に癒やされているのだった。

さらには……。夜になると、俺の部屋には美女たちが訪れる。

彼女たちはそれぞれ、街にいたころに偶然出会ったり、こちらへ来てから知り合ったりといった感じなのだが、今ではすっかり一緒にいるのが当たり前になっていた。

今夜も三人が俺の部屋を訪れて、その魅力的な身体で誘ってきている。

「クロート様、こちらへ」

「ああ」

俺を真っ先に呼んだのは、カナリア。きれいな黒髪をシンプルに伸ばした美女だ。

彼女は奴隷となっていたのだが、顔にある傷が原因で売れずに処分されるところだったのを、たまたま居合わせた俺が迎えたのだった。

その傷はすでに、俺が魔力を使って治している。

そのため、今の彼女はその美貌を陰らせることなく、さらに魅力的になっていた。

処分間際のところを救ったことと、傷を治したこともあって、何かと俺に尽くしてくれる。

家事などを全てこなしているし、夜になればこうして、夜のご奉仕も喜んでしてくれるのだった。

「さ、クロート、脱がせちゃうわね♪」

そう言って俺の側に来て、服を脱がせ始めたのはシュティーア。

彼女は、俺が移り住むことになったこの村で、もともと暮らしていた女性だ。

ピンク色の髪をなびかせる姿は、面倒見のいいお姉さんといった雰囲気の美女だった。

実際、来たばかりの俺の面倒をよく見てくれたし、周囲になじめるようにもしてくれた。

この村においての、魔法使いとしての俺の価値に気付かせてくれたのも彼女だった。

そんな頼れるシュティーアだが、同時にとてもえっちなお姉さんでもあり、こうして性的なことにも積極的なのが嬉しい。

俺が村に来るまではずっと耳年増で、知識だけはあったものの経験はなかったというのも、それに拍車をかけているのかもしれなかった。

そんな彼女に脱がされ、すぐに裸にされてしまう。

「ん、しょっ……」

そして最後にもうひとり。少し離れた位置では、サバーカが自らの服を脱ぎ捨てて、その魅力的な肢体を惜しげもなくさらしていた。

サバーカもまた、村で暮らし始めてから出会った少女で、なんと獣人だ。

茶色いセミロングの髪をした美少女だが、その頭にはケモミミがついている。

お尻には立派な尻尾もあるが、そのほかは人間と変わらない。

獣人はこの周辺だと珍しいが、世界的には問題なく人々となじんでいる存在だ。

エルフなどの異種族同様に、基本的には人間とも友好的な関係だった。

サバーカは小柄で幼い印象を与えるものの、そのおっぱいは大きく、女性的な魅力に溢れている。

そんな彼女が裸になり、こちらへと迫ってくるのだから、思わずドキッとしてしまった。

三人の美女に囲まれ、求められるのは男冥利に尽きる話だろう。

そうこうしているうちに俺もすっかり裸になって、同じく全裸の彼女たちに囲まれる。

「クロート様、ちゅっ♥」

カナリアが愛情いっぱいにキスをしてくる。

「ん、れろっ……♥」

そして俺たちは、舌を絡め合った。

彼女の舌がなまめかしく動き、俺の舌を愛撫してくる。

「んむっ。ちゅっ……」

俺もそれに応え、彼女の舌を丹念に刺激していく。

「ん、それじゃ、あたしたちはここを……」

「まずは、おっぱいで包んじゃうわね、えいっ♥」

「うぉっ……」

サバーカとシュティーアが、大きな胸を股間へと押しつけてきた。

むにょんっ、むぎゅっ……と、豊かな乳房に肉竿が包み込まれる。

「あんっ♥」

温かく柔らかなその双丘に包まれると気持ちよく、当然、そこに血液が集まってきてしまう。

肉竿はぐんぐんと育ち、質量を増していった。

「あっ、んっ……胸の中で、おちんちん、大きくなってる……♥」

「ああ……！」

サバーカは肉竿が勃起していくのを感じてか、さらにむぎゅっと胸を押しつけてきた。

ハリのある大きなおっぱいに圧迫されるのは、とても気持ちがいい。

「わたしも、ぎゅぎゅっー♪」

「おぉ……」

そしてシュティーアもまた、競うように柔らかなおっぱいで刺激してくるのだった。

ふたり分のおっぱいに包み込まれ、俺のモノはその快楽に埋もれていく。

「んむっ、ちゅっ……♥」

その間にもカナリアは、舌をますます絡めてくる。

三人の美女に尽くされ、愛撫され……俺はどんどんと気持ちよくなっていく。

「ん、ふぅ……♥」

「えいっ♥」

ふたりのおっぱいに圧迫される肉竿が、もどかしいような気持ちよさに包まれている。

「このまま、動いてあげるね？」

「ん、おっぱいで、おちんちん擦って、気持ちよくする……ん、しょっ」

「うおっ……」

ふたりが本格的にパイズリを始めると、その気持ちよさがより直接的なものになっていく。

「んしょっ……」

「えいっ……♪」

乳房にしごきあげられ、むずむずとした気持ちよさが高まっていく。

「ん、ふぅっ……おっぱいを下げると、おちんぽの先っぽが顔を出して……」

「膨らんだ亀頭がにゅっとでてくるの、かわいくて、えっちね♥」

シュティーアが肉竿を見ながらそう言うと、さらに胸を寄せて、刺激を強くしてきた。

「しこしこ、むゅぎゅぎゅっ♥」

乳圧と擦り上げで、気持ち良さが高まる。

「ぴょんっと出てきた先っぽを……あーむっ♥」

「うぁっ、シュティーア……」

「あむっ、じゅるっ、ちゅぱっ……」

シュティーアは先端を咥えると、そのままちゅぱちゅぱと吸いついてくる。

唇がカリ裏のあたりを刺激し、その吸いつきで先走りを吸い上げるようにしてきた。

「んむっ、ちゅぷっ……ふふっ♥　先っぽから、えっちなお汁があふれてきてるわよ？　ほら、ちゅうぅぅっ♥」

「う、あぁ……！」

シュティーアに吸われ、思わず腰が浮いてしまう。

「それに、こうしてちゅぱちゅぱして濡らしておくと、滑りもよくなってパイズリももっと大胆にできるでしょ？」

「ん、水気がある分、大きく動ける、えいっ♪」

「おぉっ……」

サバーカがこれまでよりも大きく胸を動かし、勢いよく肉棒を擦りあげてきた。

「クロート様、ん、あんっ♥」

俺はせっかくだし、おっぱいをさらに、とことん楽しむことにした。

そこでカナリアを抱き寄せると、大きな胸に顔を埋める。

「あっ、んっ……」

むにゅんっと柔らかな巨乳に顔を埋め、その気持ちよさとともに、カナリアの甘やかな香りを感じる。顔と肉竿をすべて、おっぱいに包まれている豪華感。

それを味わいながら、贅沢に楽しんでいった。

「ん、ちゅぷっ、ちゅぱっ、あっ、んっ♥　サバーカ、そんなに動かしたら、わたしのおっぱいまでこすれて、んっ……」

「あふっ……♥　シュティーア、そう言いながら、おっぱい押しつけてくる……」

「これは、あっ♥　ん、おちんぽを挟んでるから、あんっ♥」

俺のチンポを圧迫しているふたりのおっぱいが、むにゅむにゅと形を変えていく。

動きでお互いにも快感を与えているらしく、そんな姿もエロくていいものだ。

女の子同士が愛撫をしあっているような光景は、一対一で自分だけがされているのとは違った楽しみがある。まあ、そんなふたりのおっぱいに挟まれている訳で、その刺激はすべてこちらにも伝わってくるのだったが。

「あん、ん、ふぅっ……」

「あふっ……おちんちんも、ぴくんって跳ねてる……」

俺はダブルパイズリを受けながら、顔を埋めたカナリアのおっぱいも楽しんでいく。

「あんっ……クロート様、んっ……♥」

柔らかなおっぱいを肌で感じつつ……俺はその中心でぴんと立った乳首へと口を寄せた。

「ひゃうっ♥　あっ、クロート様、んっ……♥」

舌先で乳首をくすぐると、カナリアがかわいく反応する。

俺はそのまま乳首を口に含んでいき、味わいながら口内で転がしていった。

「ん、あっ、ああっ……♥」

カナリアは俺の頭を抱えるようにしながら悶え、反応していく。

乳首愛撫できゅっと力が入るのが伝わり、その反応も楽しみながら、ますます責めていった。

「ちゅぱぱっ……♥　ん、おちんぽに吸いついて、ちゅぅっ♥」

「うっ……おおお。いいぞ」

「ん、しょっ♪　えい、しこしこっ、むぎゅー♥」

その間にも、シュティーアたちのパイズリやフェラが続いていく。

カナリアを甘く責めながら、下半身はふたりに責められる。

美女三人との交わりを楽しんでいると、射精欲が膨らんできた。

「んむっ、ちゅぷっ……♥　我慢汁、どんどん溢れてくる……♥　そろそろイキそうなんだね。ちゅぷっ、ちゅぱっ♥」

「そうなんだ……それじゃ、おちんぽもっとしごいてあげる……んっ、しょっ、えいっ♥」

「うお、そんなに……あぁ……」

ふたりの責めが激しくなり、精液が駆け上ってくるのを感じる。

「しっかりと咥えて、じゅぷっ、ちゅっ……じゅるっ……」

「ん、あたしはいっぱい胸を動かして、精液を絞り出すように、えい、えいえいっ♥」

「う、あぁ……たまらないな」

俺はカナリアの乳首をしゃぶりながら、限界が近いのを悟った。

「一気にいくわよ……ちゅぶぶっ、れろっ、ちゅぱちゅぱっ♥　じゅるっ！　ちゅぶ、じゅるっ、じゅぶぶぶぶっ！」

「くっ……出るっ……！」

「んむっ……ん、ちゅぅぅぅっ！」

シュティーアのバキュームに誘われるまま、俺は射精した。

「ん、んぐっ♥　ん、んくっ！」

彼女の口内に、精液が勢いよく吐き出されていく。

「むぎゅー♥」

サバーカがさらに乳圧を高めて、精液を絞り出していった。

「ん、んくっ……ごっくん♪　あぁ、すっごく濃いのが出たわね♥」

シュティーアは口内に出されたザーメンを全て飲み込んで、妖艶な笑みを浮かべた。

「ん、しょっ……」

俺が一度射精したことで、彼女たちも一旦、離れていった。

密着状態ではなくなったとはいえ、裸の美女に囲まれている状態に違いはない。

俺の猛りは当然、治まることなどない。しっかりと屹立している。

それを見て微笑み、彼女たちがベッドに横たわる。

「クロート様、んっ……私の中に、きてください」

カナリアが誘うように言った。

三人ともが、ベッドの上で俺を待っている。

美しい彼女たちは仰向けに並んで、その足を広げていた。

秘められた場所が露《あらわ》になり、こちらを誘っている。

先ほどの奉仕で、もうすっかり濡れたそこに目を奪われた。

「クロート、きて……」

「こっちも、んっ、準備できてる……」

シュティーアとサバーカも、そう言ってうるんだ花園を見せてくるのだった。

三人から同時に求められ、俺の滾《たぎ》りは増すばかり。

男冥利につきる状態で、おまんこを差し出す三人を存分に眺めた。

そして俺はまず、真ん中でこちらを見つめるカナリアへと向かった。

はしたなく開かれた足の間に入り、そそり勃つ剛直をその膣口へ押し当てる。

「あっ♥　ん、クロート様、んぁっ……」

そしてそのまま腰を進め、温かな蜜壺へと挿入していった。

「あぁっ、ん、おちんぽ、入ってきてますっ……♥」

カナリアの膣襞が絡みつき、肉竿を刺激してくる。

「あぁっ、ん、はぁっ……んぅ……」

腰を動かすたびに、彼女は甘い嬌声をあげていく。

俺はそのまま興奮し、ピストンを速めていった。

「あんっ♥　あっ、ん、はぁっ……クロート様、ん、ふぅっ……」

かわいい声を漏らすカナリアに腰を振っていると、左右からふたりがそれを見ている。

「カナリアってば、すっごく気持ちよさそう」

「ん、とろけた顔、してる……」

「あっ、やっ……ふたりとも、ダメですっ……そんな、見ちゃ、あっ、んっ♥」

セックスしているところを見られ、カナリアが恥ずかしそうに言った。

最近はこうして同時にすることも増えてきているが、ひとりだけを重点的にというのは少ない。

しかし今は、残りのふたりが余裕を持って、じっくり見ているからな。より恥ずかしくもあるのだろう。

「あぁっ……♥　ん、ふぅっ……」

しかし、その恥ずかしさでカナリアはますます感じているようで、おまんこがきゅっと締まっていく。

「あうっ、ん、はぁっ……♥」

「見られて感じてるのね♪」

「あうっ、いや、んっ……はぁっ……♥」

シュティーアが言うと、カナリアは恥ずかしそうに顔をそらした。

しかし膣道のほうは、より肉棒を締めつけて快楽をむさぼっている。

「んはぁっ♥　あっ、クロート様、そんなに突いたら、ん、あぁっ……！」

「ぐっ、カナリアこそ、すごい締めつけてくるな……」

「あうっ、あっ、ん、はぁっ……気持ちよすぎて、あっあっ♥」

喘いでいるカナリアを、シュティーアがのぞき込む。

「せっかくだし、もっとかわいい姿も見せてもらおうかな……えいっ♪」

「ひぅん♥　あっ、だめ、ん、はっ……」

「あんっ♪　身体がびくんってしたわね」

シュティーアはカナリアの胸に手を伸ばし、愛撫を始めた。

「おお……」

カナリアの大きなおっぱいが、シュティーアの手でかたちを変えている。

正常位で腰を振っている俺からは、その様子がよく見えた。

「ああっ♥　ん、はぁっ、だめ、ですっ……！　ん、あぁっ……♥」

シュティーアのしなやかな手が乳房を愛撫し、その指の間からおっぱいがはみ出してきているのがとてもエロい。

「あんっ♥　あっ、やっ……そんなに、ん、ふぅっ……あっあっ♥　だめ、ん、私、あっ、ん、はぁっ……！」

カナリアの嬌声が大きくなり、その反応も激しくなっていく。

見られながらのピストンと胸への愛撫で、カナリアはもうイキそうらしい。

「んはぁっ♥　あっあっ♥　もう、あぁっ……イクッ！　んぁ、あっあっ♥　あふっ、ん、はぁっ、んうぅっ……」

俺は腰を動きを速め、彼女のおまんこをかき回していった。

「あぁっ♥　すごいのぉ……おちんちん、奥まで来て、あ、クロート様ぁ♥　私、もう、イキますっ……！」

「ああ。いいぞ、そのままイって」

俺が言うと、彼女は快楽に身を任せていった。

「んはぁぁ！　あ、イクッ！　ん、あぁっ、あふっ、あぁっ♥　もう、イクイクッ！　ん、んくぅううううっ！」

カナリアが身体を跳ねさせながら絶頂した。

「あふっ、ん、はぁあああっ……」

見られていたことでいつも以上に興奮したのか、彼女は大きく息を吐いている。

俺がそんなカナリアから肉棒を引き抜くと、すぐにサバーカを抱き寄せた。

「んっ……♥」

彼女は俺の腕に収まると、そのままキスをしてくる。

「ん、ちゅっ♥」

そして体重を預け、俺を押し倒すようにした。

そのまま跨《また》がったサバーカが、騎乗位でつながろうとする。

サバーカを自由にさせながら、次にはシュティーアを自分の元へと呼ぶ。

そして彼女は、顔の上に跨がらせた。

「クロート、んっ……」

「もうすっかり、とろとろになってるな」

「あんっ♥　目の前で気持ちよさそうにしてるところ見せられたら、身体が期待しちゃうもの」

そう言ったシュティーアのアソコに顔を埋め、陰裂を舐め上げる。

「ひゃうっ♥　あっ、ん、ふぅっ……」

シュティーアは気持ちよさそうな声を出しながら、綺麗なおまんこを押しつけてきた。

「ん……はぁっ、あぁっ……♥」

その間にもサバーカは騎乗位での挿入を行い、俺のチンポは彼女のおまんこへと、しっかり咥え込まれていく。

「あふっ、ん、はぁ……♥」

サバーカがそのまま、腰を動かし始める。

「ん、あぁっ。クロート、ん、ふぅっ……」

濡れた膣襞が肉棒を咥え込んで、いきなり蠕動し始めた。

「あぁっ♥ ん、はぁっ……ふぅっ……」

「んぁっ♥ あぁ、おちんちん、あたしのお腹、いっぱいに埋めちゃってる……」

小柄なサバーカの中を、みっちりと肉棒で埋めていく。

「あぁっ♥ ん、はぁっ……」

そうしながらも、シュティーアのクリトリスへと吸いついてみた。

「んはぁっつ♥ あっ、そこ、あうっ、わたしの、あぁっ♥ 敏感なクリトリス、ん、はぁっ……あっ、んうぅっ！」

淫芽を舌先でいじると、シュティーアが嬌声をあげる。

「あふっ、ん、はぁっ♥ あっ、そこ、れろれろするの、だめぇっ……♥ あっあっ♥ 気持ちよすぎて、ん、はぁっ……！」

貪欲な彼女はそう言いながらも、もっとしてほしいというように、おまんこをぐいぐいと押しつけてくるのだった。

「ああっ♥　ん、はぁっ、あふっ……！」

「んぅっ……あ、あぁっ……♥　おちんちんも、反応してる……あふっ、ん、はぁっ……シュティーアのおまんこ舐めて、興奮してるんだ……？」

サバーカがそう言いながら、腰の動きを速めてくる。

「あっあっ♥　ん、ふぅっ、あぁっ……！」

「あんっ、あっ♥　あ、ん、はぁっ……！」

ふたりぶんの嬌声がシンクロし、俺の上で響いていた。

「あぁっ♥　ん。はぁっ……あうっ、クロート、わたし、ん、あぁっ……あふっ、ん、そんなにされたら、ん、あぁっ……！」

「んくぅっ♥　おちんぽ、奥までズンズンきてるっ……ん、はぁっ、これ、すごいよぉっ……♥」

彼女たちの乱れる声が、俺の興奮を高めてくれる。俺は舌先を膣内に出し入れしたり、再びクリトリスを重点的に責めたりしながら、まずはシュティーアを感じさせていく。

「あぁっ♥　やっ、ん、クリちゃんっ、吸いつくのだめぇっ……♥　あっ、気持ちよすぎて、あぅっ、んはぁっ……！」

「あふっ、ん、はぁ……あっ、あぁっ……気持ちいいの……いっしょにぃ♥」

彼女たちがそれぞれに、俺の上で感じているのが伝わってくる。

美女たちと交わり、俺のほうの快感にも限界が近づいてきた。

「あぁっ……ん、はぁっ、あうっ……」

「んんっ……！　あっ♥　はぁ、んんぁっ……！」

俺は舌を動かしながら、腰のほうも激しく突き上げていく。

「ひあぁぁっ♥　あっ、クロート、あぁっ、そんなふうに突き上げられたら、あたし、はぁっ……！」

感極まったおまんこも、きゅきゅうと肉棒に吸いついて反応を返す。

俺はサバーカの中を楽しみ、シュティーアへの愛撫もラストスパートに入っていった。

「んはぁっ！　あっ、あぁっ……♥　だめ、ん、はぁっ……クリトリス、あっ、んぁ、イクッ、イクゥ……♥」

敏感な淫芽を刺激され、シュティーアの嬌声が高くなっていく。

俺はさらに舌でなめ回し、圧迫し、淫核を擦りあげていった。

「んはぁっ♥　あっ♥　もう、だめっ、イクッ！　あっあっ♥　イクイクッ、イックウゥゥゥッ！」

びくんと身体を震わせながら、先にシュティーアが絶頂した。

おまんこからも、ぷしゅっと潮を吹き出していく。

「あぁっ♥　ん、はぁ……♥」

そしてぐったりと脱力していくのを感じながら、腰のほうを再び激しくし、サバーカのおまんこを突き上げていった。

「んぁっ♥　ああっ！　そんなに、おちんぽでズンズン突かれたら、あ、ん、はぁっ……！　あたしも、あっ、んっ、イっちゃう……！」

サバーカはそう言いながら、自分でも腰を振っていく。

蠢動する膣襞が肉棒を絞り上げ、精液をねだっているようだった。

「あぁっ！　ん、はぁっ♥　あっ、あぁっ……んくぅっ……！」

その締めつけに促され、精液が腰の奥から駆け上ってくるのを感じた。

「あぁっ♥　ん、はぁっ、もう、ん、くぅっ……！」

体勢的に姿は見えないが、繋がった場所の熱さで融け具合はわかる。

俺はほぐれきったサバーカのおまんこを、思う存分にかき回していく。

「あぁっ！　あんあんっ♥　あ、ん、はぁっ！　すごいのぉっ……♥　イクッ、あっあっ♥　イク、んはぁぁぁぁぁっ♥」

サバーカも絶頂し、おまんこでいっそう絞り上げられた。

密着する肉襞がギュウギュウと収縮し、痛いほど肉棒に吸いついてくる。

どびゅっ、びゅくっ、びゅるるるるっ！

俺はその締めつけに促されるまま、思いきり射精した。

「んはぁっ♥　あっ、あぁっ……♥　クロートのせーえき、熱いのがいっぱい……奥にベチベチ当たってるぅっ……♥」

勢いよく飛び出した精液が、止まることなく大量に彼女の中に放たれていく。

「あっ、ん、はぁっ……まだ出てる……♥」

自ら搾り取り、その中出しを受けたサバーカは、うっとりと感じ入っていた。

「あっ、ん、はぁ……♥」

やっと一息ついてから、彼女たちは俺の上から降りてベッドへと横たわる。

「ふぅ……気持ちよかったな」

「クロート様、ん、お疲れ様です♥」

カナリアがそう言って、シュティーアの愛液まみれになった俺の顔をタオルで拭いてくれる。

そんなカナリアは、まだ裸のままだ。

タオルを動かすたびに、おっぱいが柔らかそうに揺れて、俺の目を引きつけている。

「あっ♥」

そしてカナリアの視線が、まだまだ大きなままの肉竿へと向いた。

「クロート様、まだお元気なんですね♪　ちゅっ♥」

カナリアはそう言って、俺の肉竿にキスをした。

「それでは、私がお掃除フェラで、鎮めて差し上げますね♪」

彼女はそのまま、肉棒へと舌を這わせてくる。

「あむっ……じゅるっ……れろっ……」

敏感な粘膜への、カナリアの優しい愛撫。温かな舌が肉棒を丁寧に舐めてくる。

「れろ……ちろっ。ふふっ、逞しいおちんちん♥　れろっ、ちろろっ……」

カナリアは俺の気持ちいいポイントを把握していて、しっかりとそこを責めてきている。

「あむっ、じゅぷっ……ちろっ……」

そしてベッドの上にはまだ、乱れたままのふたりも並んでいた。

三人の美女の献身的な奉仕を受け、好きなように、代わる代わる抱くことができて……。

男としての、最上の幸せを感じることができる。

「あむっ、じゅぷっ、れろっ……クロート様？　どうされました？」

「いや、ちょっとだけ、昔のことを思い出していてな」

ここに来る前のことだ……。

あの街で、ブラック待遇なギルドにしかたなく所属していたころ。そのころはカナリアたちとはまだ出会っておらず、俺は押し寄せる仕事に、ただただ追われるだけの日々を送っていたのだった。

しかし今は……もう違う。

「あむっ、ちゅぷっ、れろっ……ちゅぷっ♥」

カナリアが愛情たっぷりにフェラをしながら、上目遣いにこちらを見つめている。

「ちゅぷっ、ん、ふぅっ……♥　んっ♥」

奉仕出来ることが嬉しいのか、可愛らしく微笑み、真っ直ぐな瞳を向けてくる彼女。

俺は、そんなカナリアの頭を撫でてやる。

「……あはっ♥」

彼女はくすぐったそうに目を細めると、さらにしゃぶりついてきた。

あまりにも幸せな日々。

かつてでは考えられなかったそんな幸福と快楽に、俺はひたっていくのだった。

第一章　下っ端魔法使い、ブラックギルドをクビになる。

「これ、今日中っす」

無愛想な声とともに、俺の作業台に木箱がどしんと置かれた。

「えっ、この量は——」

俺が声をあげたときにはもう、相手は背を向けて歩き去っているところだった。

その後ろ姿には余裕がなく、彼自身もすぐに別の仕事に取りかかっていくようだ。

呼び止めて状況を話したところで、聞き入れられることもないだろう。

俺は諦めて、箱の中へと目を向ける。

中に入っていたのは、何本もの剣だ。

安物の無骨な長剣とは違い、少し細身のその剣には、空想上の生き物であるライオンを象《かたど》った細工が施してある。

これらの剣はどれも、この街に屋敷を持つ上位冒険者「ライオネル」の愛剣を真似たレプリカだ。

ドラゴンを倒したことで名を上げ、人々から憧れの眼差しを向けられている冒険者。そのライオネルモデルの剣は、このギルドの人気商品だ。

そしてこの剣は、それなりに値が張る代物だった。

しかし、ただのファンアイテムとは違い、これ自体も——当然、ライオネル本人の名剣に並ぶようなものではないが——それなりに優れた装備でもあった。

実はこのレベルの剣であれば、巷《ちまた》には割とありふれている。

しかし、品質と人気の両方を兼ね備えているということで、この剣はギルドの人気商品として君臨しているのだった。

かつては工房系のギルドといえば、同じ商売をする者たちの寄り合い、共同体という意味合いが強かったらしい。そんな者たちが、助け合って商売をしていた。

しかし街が急速に発展し、必要とされる商品数も増えていった現在では建前だけが細分化し、ギルドとはいっても、はっきりとした上下関係や役職が決まっているのだった。

人間関係がもっと密接な冒険者ギルドですら、今ではギルド自体はただの仲介役だ。

そんなわけで、俺が所属しているこのギルドも対等な関係ではなく、無理な仕事も引き受けざるをえないのだ。

そして、鍛治師ではない俺の主な仕事は、この剣をはじめとした売れ筋商品への、基礎エンチャントだった。このレプリカ剣がそれなりに名品だとして評判良く売られているのは、魔法の付与が施され、バフ効果などがあるからなのだ。

エンチャントとは武器や防具に特殊な効果を刻み込むもので、優れた魔法を付与するためには、まずその対象を充分に魔法にならす必要がある。

そのために行う基礎工程が、俺の仕事だ。

作業的には基本の部分であるため、花形とは遠い、地道な作業だった。

下っ端の仕事だとされることも多く、ここでの俺はそういった扱いなのだ。

後から入ったメンバーも、最初だけは俺の下について基礎工程を学ぶことになっている。

しかし、やがてはエンチャント自体を担当することになり、そうなればもう、俺のことは下っ端として見下してくるのだ。

だからこそ今もこうして、無茶な量の仕事を急に振られているわけだ。

これだけの量となれば、当然もう、定時には終わらない。

つまりは、今日も残業だ。

そんな状況に思うところがないわけではないが……。

そうはいっても、この街で他に行くあてなどないしな。

このギルドがブラックなのだとわかりきってはいるが、じゃあ周りがどうなのかといえば……こういうのはありふれている。

移籍したからといって、状況が改善するとは思えないのが現実だ。

もちろん、中にはホワイトなところも多少はあるのだろうが、そういうところが俺を雇ってくれるかどうかというと、自信はなかった。

輝かしい経歴でもあれば職場を選ぶこともできるのだろうが、ずっと何年も基礎行程だけを担当している俺に、そういうのは無縁だ。

それに……。

今でこそ景気も回復してきていて、有能でなくてもなにかしらの職にはありつけるようになってきているが、少し前はかなり違った。

俺が街に出ることになった十年ぐらい前はかなりの不況で、仕事に就くことすら難しかった。

実家が裕福なら、のんびりと仕事を探すということもできたのだろうが……。

もともと孤児院の出身である俺は、十五になる時点で、そこを出ないといけなかった。

しかし、まともなスキルも教養もない俺に、不況下での仕事など見つからず……。

そんなところを拾ってくれたのが唯一、このギルドだ。

その恩もあるため、こうしてブラックな状況でも務めていようと思うのだった。

まあ、当時から条件はかなり悪く、最初からブラックではあったのだけど。

そもそも帰る場所もなかったい俺にとっては、生きられるだけありがたいものだった。

結局、その後で景気が回復しても、俺の待遇はほとんど変わらなかったが……。

むしろ最近になって入ってくる若者のほうが、条件や待遇がいいほどだ。

俺はいつまでも下っ端のままだし、ブラックな状況も変わらない。

かつての恩がなければ、俺だってとっくに辞めていたかもしれない。

俺の仕事は数をこなすのが最優先で、とにかくどんどん次の行程に送り出していくばかり。

そうなると、仕事にやりがいを感じるのも難しい。だからか、心はますます消耗していった。

だがそうはいっても、やらなきゃいけないことに変わりはない。

俺は残業確定の仕事にため息をつきながら、無言で取りかかっていく。

そうして今日も長い残業を終えて、やっとのことで帰路につくことになるのだった。

とうに日は沈み、かなり遅い時間だ。

それでもこの街の街灯は明るく、こんな時間でもそれなりに人出がある。

華やかに遊び倒している人、酒を呑んでストレスを発散しふらふらになっている人、そして俺を含む、くたびれた顔で仕事帰りの道を行く人。

最初のグループはともかく、やはりみんなそれぞれに大変なのだろう。

夢をもってこの街に来たのかどうか、それはわからないが、輝かしい冒険者でも一流の商人でもない俺たちは、地ベタに足をつけた日々を送っている。

そんな誰もが皆、くたびれた状態のまま岐路につく。

だが、大きな街ならではの利点もある。こうした残業帰りの人間が多いため、飲食店なども遅くまでやっているから、食事には困らなかった。

当然、自炊などする気力もなく、店で食べるか買って帰るのがお決まりだ。

そんな暮らしが、毎日続いていく。

それでも……。とりあえずは生活に困ることがないのだから、恵まれているのかもしれない。

だがきっと俺の未来は、先の見えない、明るくない日々だ。

限界までクタクタになる、職場と家の往復だけの暮らし。

それだけがずっと続いていると、時々ふと、遠くへ行きたくなるのだった。

●

そんなある日、育った孤児院の院長が倒れたという話が入り、俺はギルドに伝えて、村へと戻ることにした。

急ぎだということもあり、自分でエンチャントした車を使うことにする。

普通なら馬車での移動が一般的なのだが、今は一刻を争うということで、廃棄される予定の馬車を安く手に入れ、使い潰すつもりで車体にエンチャントを行ったのだ。

いつもしているような基礎エンチャントで素材をならした後で、まずは自動走行、加速性能、そして疑似的な耐久上昇などの魔法付与を行った。これで、馬や御者なしでも一気に移動できる。

そしてなんとか、村までの道のりを駆け抜けた。

孤児院に到着すると、俺の他にも何人かの卒業生たちが集まってきていた。

「クロート、久しぶり！」

「ああ、久しぶりだな」

子供たちの相手をしていた彼が、俺を見つけて声をかけてきた。

その間にも、彼の手に子供がぶら下がる。

「結構、顔を出しているのか？」

子供たちからの懐《なつ》かれ方を見ながら尋ねると、彼は小さくうなずいた。

「最近は割と、な。おれは近くに住んでるし」

「ああ、そうなのか」

そんな話をしながら、俺は院長のいる奥へと向かった。

久々に会った院長は、俺が知るころよりもずっと静かな印象だった。

深く刻まれたシワと、細い身体。

かつてより小さくなった印象を受けるのは、俺が成長したからだろうか。

ベッドの上で横になっている院長が、俺に目をとめる。

「クロート、久しぶりだね」

「ええ、お久しぶりです」

「元気に過ごしているかい？」

「はい、なんとか」

ブラックな職場ではあるものの、とりあえず日々に不安なく暮らせてはいる。

それなりの苦労はあるが、それこそ人並みだろう。

院長に育ててもらったおかげで、俺には最低限の知識と能力はあり、ひとまず仕事をして生活していくことができている。

「それはよかった。人生は大変なことも多いが、小さな幸せにもあふれている」

「ええ」

俺は小さくうなずいた。

日々、疲れていると気にすることは難しいが、空腹を満たすことができ、雨風をしのげるということだって、本来なら十分に幸せなことのはずだ。

閉店の近づいた屋台の中から、それでも今日食べるものを選ぶ余裕がある。

当たり前といえば当たり前かもしれないが、それができない環境だって、当たり前に存在しているものだった。

俺は院長と、しばらく話をしていた。

幼かったころのことや、孤児院を出ていってからのこと。

「クロートの卒業のときは、仕事を見つけるのも大変だった時期だろうからね」

「ええ、確かに、そこは焦りました」

決して良い条件とはいえなかったが……それでも、なんとか暮らせる仕事は見つけられた。

そして、もう十年も仕事を続けているのだ。

それにしては出世などもしておらず、うだつの上がらない状態ではあるが……。

院長は俺を含め、訪れた卒業生たちと代わる代わる話をしていった。

それは、もう長くないということがわかっているからだろう。

そのことは、話しているこちらにも伝わってきた。

「この先も、きっとつらいことはあるだろう。けれど、クロートなら大丈夫。君は……もう少し自信をもってもいいかもしれないね。今の君なら、もっと遠くまで羽ばたいていけるはずだ」

院長はそんな言葉を俺に残した。

そして、駆けつけてきた卒業生たちとも積《つ》もる話をし……院長は息を引き取った。

俺たち卒業生は、院長の葬式や、新たな院長を迎える準備などを手伝うことになった。

どうしても長居できない卒業生たちが、心苦しそうにしながらも帰っていくのを見送りながら、俺はギルドへと、事情を説明してもうしばらく休みをもらう旨《むね》の手紙を出した。

俺たちは子供たちの面倒を見ながら、院長との別れを惜しんだのだった。

●

そうして数日後、俺がギルドへ戻ると、ギルド長のハポーザに呼び出された。

「クロート」

彼は厳しい目で俺を見た。

いつの間にか深くなったシワに、やや不健康な太り方をした身体。

彼を目にするのは、久しぶりな気がした。

かつて、俺がギルドに拾ってもらったころは、ハポーザもまた職人であり、同じ作業場で働いていた先輩だ。そのころの彼は、やや抜けたところはあったものの、明るく気のいい人間で、今よりもずっと小さかったギルドの中で、駆け回っているような先輩だった。

しかし今は、どっしりと椅子に座り、その明るさは失われている。

ギルドが拡大し、出世していくにつれて、その責任からか彼は変わっていった。

そしてギルド長になってからは、よりギルドの拡大を目指すようになり――結果としてはブラックさに拍車をかけていったのだった。

「ずいぶんと仕事をさぼっていたようだな」

「それは――」

俺は院長のこと、そして手紙を出したことを話した。

「ああ、もちろん事情は聞いている。だが、どんな理由であれ、仕事に穴を空けたことにかわりはないだろう」

彼はペンを手の上で回しながら、言葉を続けた。

「仕事に対する責任感というものが、ないんじゃあないのかな？」

かつてのハポーザなら使わなかっただろう、嫌みな言い回し。

未だに、一緒に働いていた頃のイメージがある俺としては、違和感が大きかった。

だが……十年という時間は、人を変えるには十分なのかもしれない。

ずっと同じ位置で、同じ作業をしていた俺にとってはあっという間だったが……沢山の子供たちを見ていた院長はより老成していたし、ギルド長になったハポーザはずいぶんと暗く厳しい雰囲気になっていた。

「クロート。エンチャント用の基礎行程しか行わない君だが、長年真面目に働いていたからこそ、我々は一緒にいることができたのだ」

「はい……」

「しかし、こうして穴を空けて、何日も仕事を放り出してしまうようなら……使い捨てのバイトを何人か入れたほうがいいとは思わないかね。というか、君が穴を空けたうちに、もうその手配はしてあるのだがね」

ハポーザは俺が何か言うよりも先に、勢いよく書類にスタンプを押した。

「君はクビだ。今までご苦労」

「そんな……」

「これは決まったことだ。君の作業場はもう新しいバイトが使っているから、今日中に荷物をまとめて出ていってくれ」

そう言ったハポーザは、小さな皮袋を取り出した。

「これは今月分と、退職金だ。次々に事業を拡大し、上へ向かっていく我々と、ずっと同じことをしている君では、もうテンポが合わないんだよ」

ハポーザにとっては、そういうことらしい。その態度にはとりつく島もなく、すでに人を入れているということで、どうしようもないみたいだった。

俺はなんだか気が抜けてしまい、反論する気も起きないまま、金を受け取るのだった。

そうして作業場に戻ると、知らない若者が俺の代わりにエンチャントの基礎行程を行っているところだった。

俺はその邪魔にならないように、自分の荷物をまとめる。

ちらちらと同僚たちの視線は感じたものの、誰も何も言わない。

十年務めていたというのに、こんな終わり方なのか、という思いはあった。だがその反面、どこかほっとした部分もある。

過剰な忙しさや、残業が続くことに疲れていたのだと思う。

とはいえ恩はあるし、次の仕事のあてがあるわけでもなかった。

だからこそ、自分から辞めることはできなかった。

しかしこうして、もう終わりなのだと思うと……心に安心感が湧き上がってきたのがわかった。

これから先のことに、不安がないわけではない。

一応、需要のあるエンチャントの仕事に十年間も携わってはきたものの、俺がやっていたのはあくまで基礎行程だ。どんな魔法にもなじみやすくし、作業や付与効果をより効率的に行うための下準備にあたる部分である。

要領のいい者のように、出世して様々なエンチャントを担当していたわけではない。

もちろん、基礎とはいえエンチャントの一部。

俺の魔法使いとしての能力も上がってはいるだろうし、ある程度のエンチャントは最後まで自分でもできるだろうが……それがお客からどう評価されるかは未知数だ。

とはいえ……。これまでのブラックな状態から解放されたと自覚した今は、とても気分がいい。

自分で思っていた以上に、疲れていたみたいだし。

次の仕事を探しつつも、少しの間はのんびりするのもいいのかもしれない。

中古の馬車に少し使ってしまったが、幸い、しばらくなら暮らしていけるだけの貯金はまだある。

その作業量やストレスを考えれば、いい職場では決してなかった。けれどそのぶん。お金を使う時間や気力もなかったため、結果としては貯金ができていたのだ。

一応の住む場所も貯金もあり、これまでできなかった、やりたいことも沢山ある。

むしろ、いざ自由になった今、なにからしたらいいのか分からなくなっているくらいだ。

そんな無気力だった自分を変える、いい機会なのかもしれない。

いっそ、この街を出てもいいかもしれないな、なんてことも思う。

だけど、新しい仕事は街のほうが見つかりやすいかも。

そんなことを考えながら、いつもよりずっと明るい街を歩いていた。

こうして、昼間に街を歩くなんてどれだけぶりだろうな。

普段と違うことをしているからこそ、あらためて、これまでがいかに窮屈だったかを自覚できているのだった。

昼間でもやはり、この街は活気に満ちていた。

それだけ多くの人が、多様な働き方や時間の使い方をしているのだ。

夜の街にあふれる、残業帰りの、くたびれた俺の仲間たちとは違う暮らし方。

そんなものすら、久々に目にしているのだった。

せっかくだし、と俺は散歩することにして、いつもは通らない道を進む。

大きな屋台通りではなく、一本裏に入った小道へ。

そこには洋服店や雑貨などの、日頃は縁のない店が並んでいた。

そこからさらに裏へ入ると、まだ開店していない少し怪しげな飲み屋、魔術用の道具を売っている店など、表通りとは違った趣の店が並ぶ区画だった。すると……。

「お前は最後まで売れなかったなぁ。こんなに値段を下げたのに売れないいんじゃ、どうしようもないか……」

「あ、あの……それは」

路地裏で、やや厳つい男と女性が話しているのが聞こえてきた。

路地から目を向けてみると、男はどうやら奴隷商のようだ。

「売れない奴隷を、いつまでも置いておいても仕方ないから」

「そんな……が、頑張りますから、どうか……」

「頑張ると言ってもな」

奴隷商は冷たい目で少女を見ていた。

「これまでもそうだったように、お前を買う奴なんていないだろ。珍しい黒髪だから売れるかとも思ったが……顔の傷がな」

「それは……」

「お前は不幸だったと思うよ。黒髪にしても、顔の傷にしても……どっちかだけなら問題なく売れただろうに。傷でわかりにくいが、器量は悪くないし、性格だってそう問題があるわけじゃない。だがな……」

少女の顔には遠目にも分かる大きな傷があり、それが目を引いてしまうようだ。どうしても、印象が強い。

ただ、奴隷商の言うとおり、それだけでどうこうという感じでもない。傷を負っている奴隷なんてたくさんいる。

容姿を重要視するような人には売れないかもしれないが、別にそれだけが奴隷の価値ってわけでもない。もちろん、整った容姿の奴隷をかわいがるために買う客に比べたら、いい待遇は得にくいのかもしれないが。

「珍しい傷のこともあって、黒髪はさらに不気味に見える……。お前のことを、呪われている、なんて言った客も多くいただろ？　残念ながら、そういう印象になってしまうんだろうな」

「でも、私は……」

「ああ。別に呪われちゃいないな。ただちょっと不幸だっただけ。こういう商売をしてれば、そのくらいの不幸なんて、おれも山ほど見てきた。しかしな……」

奴隷商はきっぱりと言った。

「客がそう思っちまったら終わりなんだ。結局、売れなきゃどうしようもない。おれだって残念には思うし、かわいそうだとも思うが……商売だからな」

奴隷商は、どうやら彼女を処分しようとしているらしい。

女性は息を呑み、震えていた。

奴隷が処分されるということはつまり――。

運がよければ、ものすごく悪い環境での、それこそいつ死んでもおかしくないような労働が与えられるかも、といった感じだ。

死んでもかまわない、というような環境で使い潰すような運用。

それすらも見つからないようなら……。

そういった話は、きっとありふれているのだろう。

俺がよく知らなかっただけで、奴隷商の様子を見るに、珍しくはないのだろうと思えた。

ただ俺は今日、ちょうど十年務めたギルドを、あっさりとクビになったばかりで。

人が処分されそうになっている場面に、偶然に居合わせただけではあるが……。

「どうか……」

そう言ってすがりつくようにした彼女に、奴隷商は告げた。

「今日いっぱいだ。最終価格で並んでもらって、店が閉まった後に処分しにいく」

「そんな……」

女性は絶望的な表情になったものの、奴隷商は顔色を変えずに、店へときびすを返す。

「さ、開店だ。今更お前に利益なんて求めないから、生き残れるよう頑張るんだな。ほら、はやく入れ」

そう言って、奴隷商と女性は店の中へと消えていったのだった。

状況のシビアさはまるで違うが……。

クビになったばかりの俺は、そんな彼女に妙な共感を抱いてしまうのだった。

奴隷を買う、なんてこれまで考えたこともなかったし、そういうのは大金持ちや貴族が手をだすようなことだ。

俺のような庶民には、縁がない。

奴隷とはいえ、相手の人生をまるごと買うのだから、そう気軽にできることでもない。

奴隷を持つ者には、責任が発生する。そんなもの、普通ならとても背負えない。

しかし……。

先程の話を聞くに、彼女は呪われているという噂が立ち、どうしたって買い手のつかない状況だ。

そしてこのままなら、間違いなく処分されてしまうだろう。

確実に死が迫っているなら、それよりも悪い状況というのは、ないのではないだろうか。

俺は少し待ってから、店内へと足を踏み入れた。


奴隷商は金持ち相手の商売ということもあり、店の表側はきれいに整えられている。

奴隷商は俺を一瞥すると、上客ではないということを見抜いたようだ。だがそれと同時に、身につけているものから、俺がそれなりのギルドの職人であることも見抜いたようで、つまりは個人ではなくギルドの使いだと判断し、それなりの対応をしてくれた。

貴族や大商人の上客と違い、もてなしや過度の接客はないが、場違いだとつまみ出されもしなかったわけだ。

俺はその勘違いに乗らせてもらい、さもギルドで便利に使う奴隷を買いに来た客を装い、低ランクの奴隷を見せてもらえることになった。

そしてある程度確認していったが、やはり奴隷というのは、人ひとり買うのだから当然だが、かなり高いものだった。

特殊な技能があったり、見た目がよかったりする者は桁違いだが、そうでなくてもかなり高額となっている。

まあ、奴隷は買って終わりではなく、当然、人ひとり養う維持費というのもかかるわけで。

そうやすやすと手を出すほうが問題なのだろう。

これは俺には手が出ないな、と思いながら見ていると、部屋のいちばん端に先程の彼女がいた。

「ずいぶん安いな……」

処分されるということは、これまでにかけた資金がまるで回収できないということだ。

しかし、すでに呪いの噂が流れて、今日で処分が決まっている彼女は、奴隷とは思えないような価格で投げ売りされていた。

彼女はすがるような目でこちらを見ている。

奴隷商のほうは、俺に目もくれていない。

俺は彼女のそばに身をかがめ、小声で尋ねた。

「俺はギルドの使いでここに来たわけじゃなく、ただの一個人だ。当然、金持ちなんかじゃない」

俺の突然の言葉を、彼女は不思議そうに聞いていた。

「実はさっき、裏で話しているのを聞いてしまってな……」

そう言うと、彼女は複雑な表情を浮かべる。

「しかも、ちょうど今日、仕事をクビになったばかりだ。そんな状態で話を聞いたものだから……変にシンパシーを感じてしまったわけだ」

俺の言葉を、彼女はまっすぐに聞いていた。

「だから、この先の君について、しっかりと保証できるような人間じゃない。だけど、明日、明後日の朝日を見ることはできる。ただの短い引き延ばしになってしまうかもしれない。それを踏まえた上で、それでも、と君が思うなら買いたいと思っている」

そう言うと、彼女は激しくうなずいた。

「お、お願いします……このままここにいたら、私……」

「先のことがわからなくても？」

「チャンスをください……まだ、生きていたいです」

「わかった」

俺は彼女にうなずく。すると、彼女は安心したような笑みを浮かべた。

そこでふと気が付く。傷のせいでわかりにくいが、彼女はかなり美人なのではないだろうか。

下世話な話だが、奴隷であるため今は少し細すぎるきらいはあるものの、それでもその胸は大きく揺れている。

この辺りで黒髪は珍しいが、それ故に目を引く特徴でもあるし、大きな顔の傷さえなければ、かなり上等の奴隷としてすぐにでも買われていたことだろう。

俺は奴隷商に、彼女を買うと告げた。

「えっ、そいつですか？」

奴隷商は驚いたように言いつつも、うなずいた。

「い、一応は説明させていただきますと、その奴隷は処分価格ということで、破格になっています」

「ああ。値段がずいぶん安いのは理解しているよ」

「その理由なのですが……その、そいつは人気のない黒髪に、大きな痣のような顔の傷ということもあって、お客様からは『呪われている』なんて言われています。……もちろん、そんな事実はありません。ただ……」

そう言って、彼は続ける。

「このあたりでは結構な人間がそう勘違いするようで……例えば、外へ出すような用途には向きません」

そう言った彼だが、フォローも付け加える。

「ただ、それ以外の瑕疵《かひ》は一切ありません。まだ若い娘で、これといった技能は持っていませんが、人並みの体力はあります。呪いのような印象についてわかった上で、ギルドの中で働かせるには問題ない奴隷です。いかがでしょう？」

「ああ。もちろん問題ない。彼女をもらっていく」

「わかりました」

そう言うと奴隷商は彼女を檻から出し、手続きを進める。そして顔を隠すようにして、彼女にフードをかぶせた。街中を歩かせるには、先程のようなマイナス面があるからなのだろう。

あくまでギルドの職員を装いながらも、俺はなけなしの金で手続きを終える。

「それではこれで」

「ああ、ありがとう」

そして俺は、彼女を連れて店から出た。緊張していたのか、肩の力がやっと抜けた気がする。

「ありがとうございました！」

そして店から出た途端、彼女はそう言ってお礼を言い、勢いよく頭を下げた。

「私、何でもいたします……。外に出るのは不向きかもしれませんが、できることなら何でも……。

本当に、ありがとうございます、命を救ってくださって！」

「それはおおげさ……でもないんだよな、きみにとっては。ただ、最初に言ったように、俺は大金持ちでも何でもないから、あまり期待はしすぎないでくれ。……とりあえず、家に行こうか」

「はいっ」

「そうだ、名前は？」

「カナリアといいます、クロート様」

まだ名乗ったわけではないが、俺と店主のやり取りをしっかり聞いていたようだ。どうやらほんとうに、傷のこと以外は優秀なのかもしれないな。

「それじゃ、いこうか、カナリア」

そう言って、俺たちは歩き出す。

これまでにもいろいろと言われたのか、彼女はたしかに、人混みに怯えているようだった。

俺自身も人が多いのは好きじゃないということで、それを避けながら家へと帰る。

俺が住んでいるのは、ありふれたアパートだ。

街が急速に発展していく中で、必要にかられて増えていった形態の安アパート。

ブラック勤めであるため、家で過ごす時間も少なく、そう大きな部屋を借りる必要もない。

そのおかげで家賃も安く、無職でもしばらくは払っていけるのだが……。

これからはふたりで暮らすとなると、手狭な感じはいなめないが、雨風はしのげる。

「本当にありがとうございます、なんでもお申し付けください」

「そう堅苦しくなくてもいいけどな」

言いながら、彼女を眺める。

世情に疎い俺は気にならないが、やはり彼女の傷と黒髪が合わさると、印象はよくないらしい。

黒髪だけならむしろ、異国感のある女性ということで好印象らしいともいうから、どうにかできないものだろうか。

「あ、あの、やっぱり家の中でも、なるべく顔は隠しておいたほうがいいでしょうか？」

尋ねる彼女に、首を横に振る。

「いや、そんなことは気にしなくていい、が……」

この傷、時間をかければ治せないだろうか？

きっと、通常の治療魔法では治せなかったのだろう。奴隷としての価値に大きく関わるし、奴隷商が試さなかったはずがない。

ただ、エンチャントをはじめとした強化系ベースの俺の魔法なら、そのあたりも少し事情が変わってくる気がするのだった。

しばらく部屋でくつろいでいても、そのことが頭を離れない。

回復魔法そのものにまず疑似エンチャントを行い、回復の範囲を書き換えればあるいは……もちろん、上手くいく保証なんてないのだが、可能性はある。

俺は、失敗する可能性があり、何も起こらない可能性もおおいにあることを踏まえた上で、彼女に魔法をかけていいか尋ねてみた。

「はい。すでに充分に助けていただきました。クロート様のすることに、不満はありません」

はっきりとそう答えた彼女は平然とした様子だったが、それを素直に言えてしまうあたりに、これまでの奴隷暮らしの大変さがにじんでいた。

呪われているという評価は、女性にはかなりきついものだったのだろう。

「少し時間かかるが、手は抜かないよ。よろしくな」

俺はそう言って、魔法の準備を始めるのだった。

自分だけでの、大がかりな魔法というのは久々だ。

ただ、基礎行程ばかりとはいえ、十年間プロとして、大量の魔法を使っていた身でもある。

どうやら想像以上に俺の魔力は高まっていたらしい。

これなら、もっと上位の効果を組み合わせても……。

基本的な回復魔法は効果の早さを優先して組まれていることもあり、古い傷は治せない。

しかしそれはただ、効率が悪いからだ。

通常の魔法からは省かれている効果が多いだけ、という話でもある。

素人にはあまり知られていないが、つぎ込む魔力や時間に制限をかけなければ、古傷でも治せる可能性もあるということだ。

本当の呪いならまだしも、それがただの怪我だというのなら、本質的には回復魔法の範疇で治せるに違いない。

俺は自分でも気付かないうちに増えていた魔力を存分に注ぎ込み、様々な面で強化した回復魔法を行っていく。

とはいえ、大量の魔力を即座に注ぐようではダメだ。

時間をかけて、ゆっくりと、必要な部分への回復を何度も重ねていく。

思いつく限りの効果をイメージし、魔法にならしたカナリアの肌へと意識を集中する。

これほどの大魔術を行うのは初めてで、不思議な興奮とともに集中力が増していくのを感じた。

それとともに俺の五感が薄れていき、魔術へと神経が傾いていく。

あふれるほどに湧き出てくる魔力を制御していくのは、心地がよかった。

俺は自分の魔術の中に溶け込むようにして、魔法を組み上げていく。

自分でも信じられないほどの力だった。思わず恍惚となる。

そして、いつの間にか時間が過ぎていた。

「…………」

俺はふっと意識が遠くなる感覚に襲われた。

身体が重く、地面に縛りつけられるようだ。

しかし、すぐにそれが勘違いであることに気付く。

俺はただ、集中状態が切れ、いつもの自分に戻っただけだった。

魔法と一体化するような極限の集中状態が終わり、ありふれた肉体へと意識が戻っていく。

治療魔法が無事に完成し、さすがの大魔術に、俺の魔力も底をつきかけていた。

「カナリア……」

俺は彼女へと目を向ける。

——そこにいたのは、驚くほどの美少女だった。

ぱっちりとした瞳に、通った目鼻立ち。

傷で隠れていた素顔が露《あらわ》になると、カナリアは曇りのない目で俺を見つめていた。

「クロート様、大丈夫ですか？」

「ああ、俺は大丈夫。カナリアは、どこかおかしなところはない？」

「はい。私はなんとも……」

「そうか、それはよかった。それじゃ、鏡を」

そう言って、俺は鏡を彼女に手渡した。

「あっ……これ……」

彼女はそれを見て、息を詰まらせる。

「クロート様、そんな……ありがとうございます、私……」

そして彼女は、涙を流し始めた。

「こんな……店の顧客である貴族様付きの、どんな高位の魔法使いからも、どうやったって治らないと言われていたのに……すごいです……」

「上手くいったようで、よかったよ」

傷のなくなった彼女は、売れ残るだなんてあり得ないような美女だった。

珍しい黒髪も相まって、本来ならすぐにでも買いたいという人が集まったことだろう。

俺はしばらくの間、感動している彼女をただ眺めていたのだった。


落ち着いた頃合いをみて、彼女に話をする。

言ったように俺はギルドをクビになったばかりで、生活の目処がたっていないこと。

どちらにしても、本来なら奴隷を持てるような身分や稼ぎではないこと。

そしてもう、彼女は今日のような処分におびえなくてもいいことを。

「傷さえこうして治ったなら、もう街へ出ることもできるだろう？」

「はいっ。これなら、お買い物も含めて、クロート様にたくさん仕えることができます」

「いや、そうじゃなくて……」

俺は小さく首を振って、続ける。

「今の君なら、自分で働いてひとりで暮らしていくこともできるだろう。もう、処分価格で売られてしまうような奴隷じゃないんだ」

「はい、クロート様のおかげです」

「だから君が望むなら、俺は君を解放したいと思ってるんだ」

「……解放、ですか？」

「ああ。俺はこの先どうなるかわからないし、本来なら奴隷を持てるような甲斐性があるわけじゃない。カナリアにいい暮らしをさせられるわけじゃないんだ」

無論、用途や必要とされるスキルによるところはあるが。

この世界においては、奴隷というのは物扱いではあるものの、そこまでぞんざいな扱いを受けるような身分ではない。

金持ちにとってはステータスでもあるし、奴隷の扱いが悪いというのは悪評を呼ぶ。

自由な労働は行えない、職業の選択権がない、というだけであって、カナリアのように奴隷商から処分されるような境遇でさえなければ、ひどい扱いを受けるというのはむしろ珍しい部類である。

そのぶん、行き場なく処分された奴隷には厳しい噂もあるのだが。

あまり良い例えではないが、その辺の庶民よりも、大金持ちのお気に入りの時計には価値がある、というような話だった。

それは扱いにおいてもそうだし、実際の価格にしたってそうだ。

庶民の生涯年収より価格の高いアクセサリーなんて、あるところにはいくらだってある。

そして美しい彼女は間違いなく、本来であればそういった扱いの奴隷であったはずだ。

その容姿に惚れた貴族がいれば、美に気を遣う暮らしを与えられ、高価な服やアクセサリーを身に纏っていたはずだった。

ここで自由な庶民となっても、そこまでとは言わないまでも、かなりの玉の輿を目指せるだけの器量がある。

それに比べれば、俺と一緒にいるメリットというのはほぼ、無いに等しい気がする。

「クロート様……」

彼女は両手で、ぎゅっと俺の手を握った。そしてまっすぐに見つめてくる。

「ご迷惑でなければ、私はクロート様にお仕えしたいです。私の命を救ってくれて、傷まで治してくれたクロート様ですから……」

「でも俺は、うだつの上がらない庶民だぞ」

「そういうのは関係ありません。それに、クロート様が傷を治してくださったおかげで、私は働くことができます。お役に立てますから」

そう言ってカナリアは微笑んだ。その笑顔はとてもまぶしく、これほどの美女が一緒にいたいと言ってくれるのなら、男として断れるはずもないのだった。

「わかった。それじゃ、あらためてよろしくな、カナリア」

「はいっ、クロート様。精一杯、お仕えさせていただきます」

こうして、俺と彼女の生活が始まるのだった。

●

夜になったのだが、元々ひとり暮らしの部屋だ。

仕事が忙しく、いつもは帰って寝るだけ。

人を泊める機会もなく、ベッドは一つだったことにいまさら気が付く。

ベッドは彼女に譲って、俺は椅子で寝るくらいのつもりだったのが……。

カナリアは、自分だけがベッドを使うわけにはいかないと言うのだった。

とはいえ、俺だけがベッドで寝るわけにも……というわけで、なぜか一緒にベッドを使うことになったのだ。

「クロート様……」

彼女はベッドに上がると、赤い顔でこちらを見た。

男と同じ布団にという状態は、やはりいざとなるの恥ずかしいのだろう。

しかし、そんな仕草も可愛らしく、俺はドキドキとしてしまう。

カナリアと一緒にベッドとか、床で寝るよりも眠れなそうだな、と思った。

けれど彼女の反応は、そんな俺の予想を軽々と飛び越えてくるのだった。

「で、では……。よ、夜のご奉仕をさせていただきますね……その、私は男性とするのは初めてですが、知識はちゃんとあるのでっ……大丈夫です！」

「お、おう……え？」

あまりのことに、一瞬フリーズしてしまう。

しかしカナリアな止まらず、恥ずかしそうにしながらも服をはだけさせていった。

「い、いや、待って……そんなことしなくても……」

俺が制止すると、彼女は上目遣い気味にこちらを見た。

「クロート様は、お嫌ですか？」

「いや、それは……」

カナリアのような美女に迫られて嫌なはずはなかったし、今だって、柔らかそうにむにゅりと形を変えているおっぱいに目が奪われているところだった。

「クロート様に、少しでも喜んでもらいたいのです」

そんなふうに迫られると……据え膳食わぬはなんとやらだ。

俺は覚悟を決め、おとなしく彼女のご奉仕を受けることにしたのだった。

「男の人は、おっぱいがお好き……なのですよね？」

「あ、ああ……」

そう言いながら、彼女は胸元を大きくはだけさせた。

たゆんっと揺れながら、豊満なおっぱいが現れる。

服の上からでも目を引く巨乳だったが、こうして直接目にするとなると、それだけで興奮してしまうのだった。

白い肌に、ボリューム感たっぷりの乳房。柔らかそうなおっぱいが、こちらを誘う。

「次は、えっと……クロート様、失礼しますね」

そう言って、カナリアは俺のズボンに手をかけてきた。

「ん、しょっ……」

不慣れな手つきでズボンをくつろげていく彼女を、じっと見つめる。

前屈みになったカナリアの胸は、深い谷間を見せながら軽く揺れていた。

そして俺の股間あたりにかがみ込み、ズボンを脱がせようとしているカナリアの様子。

女の子が部屋にいる時点でいつもとは違いすぎる状況だったが、その上こんなことまで……。

このシチュエーションで、すでに俺の期待は高まり、股間に血が集まってくるのを感じた。

「ん、しょっ……あっ、これ……」

ズボンをくつろげた彼女は、パンツを押し上げている膨らみに気が付き、声をあげた。

「これが男の人の……んっ……」

顔を赤くしながら、彼女がパンツを下ろしていく。

「きゃっ……♥」

すでに勃起していた肉棒が、そこから跳ねるように飛び出す。

彼女は驚いたような声を上げながらも、初めての肉竿に目を奪われているようだった。

「わ、わぁ……これが、クロート様の……こ、こんな大きいの、よくズボンに収まっていましたね……んっ♥」

そう言いながら、彼女は俺の顔とペニスに視線を往復させる。

異性にそんなふうにまじまじと見られると、なんだか恥ずかしくなってしまう。

同時に、美女が俺のチンポを興味深そうに見ている、という状況に興奮もしてしまうのだった。

「そ、それではクロート様、失礼いたしますね……」

「ああ……」

そう言って、彼女が手を伸ばしてくる。

「きゃっ、あぁ。熱いです……」

おそるおそる、といったように肉棒を軽くつまんでくる。

「おちんちん……こんなに熱くて、硬いものなのですね……」

「ああ……」

くにくにといじってくる細い指。その刺激の、もどかしいような気持ちよさ。

そして、性器を女の子に触られているという興奮が湧き上がってくる。

「男の人は、溜まってしまうものなのですよね……それで、大きくなったら、出してすっきりするのがいい……んですよね？」

「そうだな……うっ……」

どこで教えられたのかは聞かないが、俺が素直に答えると、彼女は赤い顔でうなずいた。

「私が、ちゃんとクロート様のおちんちんを、気持ちよくさせていただきます……ん」

彼女はそう言うと、あらためて肉棒を握り、軽くしごいてきた。

「これがクロート様の、んっ……たしかこうやって擦ると、男の人は気持ちいいんですよね？」

「ああ、そうだな……」

彼女のつたない手コキが始まる。

カナリアのしなやかな手に握られる気持ちよさもあるが、それ以上に、今日会ったばかりの美女に手コキされているという状況に興奮してしまう。

「ん、しょっ……男の人のこれって、不思議ですね……自分にはないので、興味深いです。しこしこ……」

「うっ……」

つたないながらも、懸命に手を動かしていくカナリア。俺はそんな彼女を眺めていく。

「ん、ふぅっ……」

手を動かすのに合わせて、小さく揺れるおっぱい。

柔らかそうな魅惑の果実が、無防備に揺れている。

「こんなに大きいのが、女性の中に……んっ。クロート様……」

カナリアがこちらを見上げる。

そして俺の視線に気付き、尋ねてきた。

「クロート様は、大きなおっぱいって、お好きですか？」

「ああ……」

さっきから目を奪われているくらいには好きだった。

それにほとんどの男なら、目の前でこんなふうに見せられれば、惹かれてしまうだろう。

「それじゃ、このおっぱいでご奉仕させていただきますね」

そう言って、彼女は自らの手で巨乳を持ち上げた。

ボリュームたっぷりのおっぱいが、むにゅりとかたちを変えて俺を誘う。

「いきますね、えいっ♪」

「おお……」

柔らかなおっぱいが、チンポを挟んでくる。

「あんっ、熱いです……」

肉棒が巨乳にむにゅんっと包み込まれ、とても気持ちがいい。

「あふっ……硬いのがおっぱいを押し返してきて、んっ……♥」

幸せな圧迫感が肉竿を包み込み、俺の興奮も増していく。

「ん、おっぱいでおちんちんを、ん、しょっ……」

「おお……」

彼女は両手で胸を支え、動かし始めた。

「ん、しょっ……どう、ですか？」

「ああ、いい感じだよ」

カナリアは大きな胸を両手で動かし、肉棒を刺激してきた。

柔らかなおっぱいに包みこまれているのは、とても気持ちがいい。それに……。

「ん、しょっ、ふぅっ……」

自分のおっぱいを寄せて、奉仕のために揺らしているカナリアの姿が、とてもエロかった。

「硬いおちんぽ……♥　ん、しょっ、ふぅっ、んっ……」

そのままゆさゆさと胸を揺らしていく。

「おっぱいをぎゅっとよせて、んっ♥」

「おお……」

乳圧が心地よく肉棒を刺激してくる。

大きなおっぱいに包まれながらしごかれるのは、最高に気持ちいいことだと知った。

「あっ、ん、こうして動かすと、おっぱいから先っぽが出てきちゃいますね……♥　クロート様のが、にょきって……♥」

亀頭が現れては、おっぱいに沈んでいく。その光景もエロく、俺を昂ぶらせていった。

「こうして先端を、ちゅっ♥」

そして亀頭に唇を寄せ、キスをしてくる。

「おぉ……」

「んっ、ちゅっ♥　ちゅっ♥」

不慣れな女の子がご奉仕している光景は、とてもいい。

「先っぽを、れろぉ♥」

「カナリア、うっ……」

「気持ちよくなってくれているんですね。それならもっと、ぺろっ、ちゅっ♥」

彼女はパイズリを続けながら、唇や舌で亀頭を愛撫してくる。

「ん、しょっ……れろっ、ちゅっ♥」

敏感な先端を口で責められ、射精欲が増してきた。

「あむっ、もっと、ちゅぱっ♥　ん、ちゅるっ♥」

「う、あぁ……それ……」

「こうして、咥えるの、気持ちいいですか？」

「ああ、すごくいいな」

カナリアの艶やかな唇が、漲《みなぎ》った肉棒を咥える。その姿はとてもエロく、興奮してしまう。

「ん、しょっ……おっぱいとお口で……ちゅぱっ♥　ん、れろっ……いっぱい気持ちよくなってください ね♪」

「ああ……うっ……」

「ん、ちゅぷっ、んぁっ……」

パイズリの速度を上げ、さらに口内での愛撫も激しくなっていく。

「あふっ、ん、ちゅぱっ……♥　クロート様のおちんぽ♥　ん、れろっ……ちゅぷっ、あふっっ、ん、れろろっ、ちゅぷんっ♥」

「カナリア、うっ、そろそろ、出そうだ……」

彼女のご奉仕で射精感が増してくる。

これまで感じたことのない気持ちよさに、ただただ流されていった。

「はいっ、だしてくださいっ、ん、ちゅぱっ♥　私のお口とおっぱいで♥　ん、ちゅぷっ、お射精してくださいっ……」

「う、あぁっ……」

彼女はより激しいパイズリフェラで、俺を追い込んできた。

「れろろっ……ちゅぷっ、ん、しょ、あふっ、んあっ♥　れろっ、ちゅぷっ♥　おちんぽ、ふくらんで、ん、ちゅうぅっ♥」

「うあぁっ！」

どびゅっ、びゅくっ、びゅくくんっ！

俺は彼女の献身的なパイズリフェラで、存分に射精していった。

「んむっ♥　ん、あっ、あふっ……こほっ」

勢いよく飛び出した精液が、カナリアの口へと放たれていく。

「あっ♥　ん、ちゅぷっ……」

その勢いに彼女は驚き、精液の一部が唇からこぼれ落ちてくる。

「ん、んくっ……♥　ごくっ♥」

彼女は口内に飛び出した俺の精液を、そのまま飲み込んでいった。

自分が出したものを女性に飲んでもらえるというのは、不思議な満足感がある。

「んぁっ♥　ふぅっ……」

勢いがよすぎたぶんの精液が、美女の口から垂れたままになっているのも、すごくエロかった。

フェラのご奉仕で口内に出したのだ、というのがはっきりと伝わってくる。

「あうっ、少し、こぼしてしまいました……。精液って、こんな味なんですね……なんだかすっごくえっちな味です♥　勢いにも……驚いてしまいました♥」

「おぉ……」

恥ずかしそうに微笑む彼女は、とても色っぽい。

「クロート様、いかがでしたか？」

「ああ、すごく気持ちよかったよ。ありがとう」

「喜んでいただけてうれしいです。……それでは、おちんぽをきれいにいたしますね」

そう言って彼女は全体を丹念に舐めとると、ペニスをタオルでも拭っていった。

俺はといえば、パイズリフェラの気持ちよさに浸り、一度出してすっきりとしたこともあり、それなりに満足できたようだ。これなら、ドキドキしすぎずに眠れそうだ。

そして俺は、そのままカナリアと一緒のベッドで夜を過ごすのだった。

●

数日後。カナリアに家事を頼むと、俺は冒険者ギルドへバイトに出ることにした。

「それじゃ、よろしくな」

「はい、お任せください」

ブラック状態のギルドで仕事に追われていた俺だ。

一応は最低限の掃除こそしていたものの、大掃除の類《たぐ》いは機会がなくてできていなかった。

そのため、至らないところもいろいろとあるだろう。

俺は気にならなくても、女性にとっては汚れすぎたところもあるかもしれない。

ともあれ、俺はこれからの生活費をまかなうために、冒険者ギルドへと向かうのだった。

以前とは違い、景気もそれなりに回復してきた今だ。正式なギルドメンバーになるというのはそれなりに難しいことも多いが、バイト程度は結構簡単に見つかるものだった。

下っ端とはいえ、俺はそこそこ有名な工房ギルドに務めていたエンチャント系の魔術師だったし。

ためしに相談してみたところ、バイトでよければと、すぐに紹介してもらえた。

もちろん、社会的な地位や安定性は欠けるのだが、元のギルドのブラックさを考えれば、時給としてはこれまでより稼げるくらいだろう。

そんなわけで、俺は冒険者ギルドに到着する。

活気にあふれるギルド内。

石造りの建物の中には、手前側に食堂とカフェを兼ねたような、冒険者たちがくつろいだり打ち合わせをしたりできるスペースがある。

そしてその奥に、受付のカウンターと、依頼を集めた掲示板のコーナーがあった。

さらに奥には、サポート関連のコーナーもある。

エンチャントのバイトを求める俺の目的は、そのサポートコーナーだ。

「ああ、君が今日からの子か」

「はい、お願いします」

俺はそこを仕切っているギルド員に挨拶をし、さっそくバイトに入る。

やることはギルドの貸し出し装備のメンテナンスと、再エンチャントだ。

エンチャントは装備そのものに付与するバフで、支援魔法とは違い、効果が結構な期間でも持続するのが特徴だ。

反面、付与に時間がかかるので冒険中の作業には向かず、事前に装備を預ける必要がある。

なので、状況に合わせた機転は利きにくいというデメリットもあった。

ほかにも、効果を付けられる数にも限りがあるので、使いどころは使用者次第だ。

そして残念がら、長いとはいえ持続期間も永遠じゃない。

使っていればいずれは効果が切れる日は来るし、刃こぼれとともにエンチャント自体が外れることだってある。

だからメンテナンスや、再エンチャントが定期的に必要なのだ。

「さて、さっそくやるか」

ギルドにいたころとは違い、今回のバイトは出来高制だ。

今日中にやらねばいけないというノルマもないので、いつもよりゆっくりとするつもりだった。

まずは装備を手に取り、状態を確認する。

そして必要そうなら、いつもの基礎行程で一度、すでにかかっているエンチャント効果をならしていく。この作業の精度で、後々の追加エンチャントのしやすさや、効果を施せる領域、付与できる能力の質までが変わってくる。

もちろん、時間をかければそれでいいというものではないのだが、ある程度まではかけた時間に比例して結果もよくなるものだった。

十年間それればかり繰り返してきただけあって、この行程は無心で行える。

いや、いつもと違い時間に追われないため、よりいろんなところに気をつけることができた。

最初のころは意識していたことが、慣れるうちに気にならなくなっていたのかもしれない。

それは量産仕事としてはいいことだが、その状態であらためて意識することで、新しく見えてくるものもあるようだ。

少し新鮮な気持ちで基礎行程を終え、新たなエンチャントを施していった。


バイト作業を終えた俺が報告に行くと、先に提出していた分の武具をチェックしていたギルド員が驚きとともに迎えてくれた。

「クロートさん、さすが長年やっていたというだけあって、すごいですね！　これほどの職人にエンチャントを施してもらえて、ありがたいです！」

最初はただのバイト扱いとして、けっこう大雑把だったのに。

「本当にすごい技術で……これほど素性のいい下地や付与は、お目に掛かったことがありません」

軽かった対応から急に、憧れめいた視線を向けられてしまい、少し驚いてしまった。

「このレベルのエンチャントをしてもらえるなんて、かえって申し訳ないくらいです。気持ち程度ですが、報酬を上乗せさせてもらいました。また手があいたらよろしくお願いします！」

そんなふうに言われて、戸惑ってしまうほどだった。

増額へのお礼を言って、俺はギルドを出る。

冒険者ギルドは、命を賭けている冒険者と密接なこともあってか、装備のメンテナンスにも重きを置いているようだ。そのため報酬自体が元々よく、そこにさらに色をつけてもらったので、一日の稼ぎとは思えないほどの額を貰うことができた。

この調子なら時給換算なんてするまでもなく、これまでよりも稼いでいけそうだ。

先のことはともかく、目先の収入自体は問題ないな。

そしてそんな帰り道は、気持ち的にも明るく見えていた。

まだ夕方であり、日が沈んでいない時間に帰路につけるなんて……。

前までは考えられなかった状態で、なんだかそわそわしてしまう。

いつもよりも人通りの多い街を歩いていく。

同じく仕事帰りの人が多いのはもちろん、食材の買い物をする人や、遊びから帰る子供たちの姿まである。深夜とは大きな違いだ。

活気に満ちた街を通り抜けて、家へと戻るのだった。

「お帰りなさい、クロート様」

「……ただいま」

帰宅した瞬間、カナリアに迎え入れられて、不思議な気持ちで返事をした。

これまでは夜遅くに、誰もいない家に帰るのが普通だったからな。

こうして迎えてもらえるのはなんだか新鮮で、温かな感じだった。

「お疲れ様でした。新しいお仕事はいかがでしたか？」

「ああ、思ったよりずっとよかったよ。カナリアもありがとう。家の中、かなりすっきり明るくなった感じがするな」

普段の、どことなくよどんだ雰囲気がすっかりなくなっていた。

それは部屋がというよりも、俺の心の変化や、カナリアがいてくれること自体にも影響を受けているのかもしれなかった。

「ご飯もすぐに準備ができますよ」

「ありがとう」

家に帰ると彼女がいて、料理まで用意してくれている。

部屋は少し手狭で、もう少しなんとかしたいところではあるが、冒険者ギルドでのバイトも上手くいき、俺のエンチャントが問題なく通用することがわかった。

それどころか、褒められたくらいだしな。

ギルドにいたときはなかったことなので、それも嬉しいことだった。

どうやら、基礎工程ばかりではあったものの、十年間やっていたことは、しっかりと俺の実力を上げていてくれたらしい。

もう少し収入に目星がついたら、広いところに引っ越して……そんなこの先のことを思うと、やる気もさらに出てくるのだった。

●

食事などを終えて寝るころになると、カナリアがこちらへと来る。

「クロート様、今日もお疲れ様でした。夜のご奉仕はいかがですか？」

「ああ、頼むよ」

最初はそんなことをしなくても……などと格好つけていたが、一度女性の魅力を知ってしまうと、やはり抗《あらが》いがたいものがある。

「今日は私の、その……アソコをつかって、最後までご奉仕させてください」

「カナリア……」

そのお誘いに、思わず喉を鳴らしてしまう。

手や口、おっぱいのご奉仕だけでも素晴らしいものだったのに……期待で早くも血が集まってしまいそうだ。

「クロート様、んっ、そんなに見つめられると、照れてしまいます……」

そう言いながら、服を脱ぎ始めるカナリア。

はらりと服が落ちると、前回もたっぷりと味わわせてもらったその大きなおっぱいが、たゆんっと揺れながら現れる。

そのたわわな果実に目を奪われていると、彼女がこちらを見た。

「クロート様は、やはりおっぱいがお好きですか？」

「ああ、そうかもね」

俺がうなずくと、彼女は恥ずかしそうに言った。

「そんなに熱心に見られると、クロート様の視線だけで、んっ……」

胸を隠そうとするが、思い直したのか、そのままにしてくれている様子が、ものすごくそそる。

恥じらいつつも俺を喜ばせようとしているカナリアは、かわいくもいやらしい。

「カナリア」

「あっ♥」

俺はそんな彼女のおっぱいへと手を伸ばした。むにゅり、と柔らかな感触が手のひらに伝わる。

「ん、クロート様、んっ……」

俺はそのまま手を動かし、むにゅむにゅとおっぱいを揉んでいった。

「あふっ、ん、私の胸、どうですか？」

「すごくいいぞ」

「あんっ♥　あっ、よかったです、んっ……」

チンポを挟んでもらうのも気持ちよかったが、こうして直に揉むと、より胸の柔らかさを感じられる。

「あ、ん、ふぅっ……」

むにゅむにゅと揉みしだくと、その巨乳がかたちを自在に変えていく。

柔らかく変形すると、指の隙間からハミ出てくるのがいやらしい。

「クロート様の手、んっ、大きいです……」

「それでもカナリアの胸は収まらないけどな」

「あっ♥　ん、ふぅっ……」

掌からあふれるおっぱいを揉んでいく。ずっと触れていたくなる気持ちよさだ。

「あぅっ、あっ、んっ……」

そしてその極上の柔らかさの中に、少し違う硬さが感じられるようになる。

「乳首、たってきてるな」

「ひゃうっ♥　あっ、んっ……」

言いながら、その突起を軽く指で擦った。

「あぅっ、そこ、あっ♥　んっ……」

くりくりと乳首をいじると、カナリアの身体が小さく反応する。

「あふっ、ん、あぁっ……それ、んっ……」

「乳首、弱いんだな」

「あっ♥　ん、はいっ……クロート様の指、気持ちよくて、あっ……」

彼女は小さく声をあげて、身をくねらせた。

その反応がかわいらしく、俺をさらに盛り上げていく。

「あっ、ん、ふぅっ……クロート様、あっ♥」

乳首をいじっていくと、彼女の声もどんどんと高まっていく。

「あぁっ♥　ん、はぁっ、あっ、クロート様、私、んっ、ふぅっ……♥」

「カナリア、感じてるんだな」

「はいっ♥　あっ、ん、ふぅっ……♥　クロート様の指に、おっぱい……乳首いじられて、感じちゃってますっ♥」

素直に答えて嬌声をあげるカナリア。その悶える姿を楽しみながら、胸をいじっていく。

「ん、あっ♥　はぁ、ん、ふぅっ……」

かわいらしい声をあげ、ますます魅力を増していく。

ぷにぷにの乳首をいじり、柔らかなおっぱいを楽しんでいった。

「あぁっ、ん、ふぅっ、あっ、あの、私……ん、そんなにおっぱいを触られてると、あっ♥　ん、ふぅっ、あぁ……！」

彼女の顔がとろけてくるのがわかる。俺におっぱいを触られて、感じているのだ。

「あぁっ♥　ん、あうっ、はしたない姿、見せちゃいますっ……クロート様ぁ♥　ん、あっ、はぁっ、んぅっ……」

彼女はきゅっと足を閉じて、快感に身もだえている。

「カナリア……」

俺はそんな彼女の、閉じられた足に手をかける。

「あっ、んっ……」

「ほら、見せて」

「あぅっ、恥ずかしいです……」

そう言いながらも、彼女はゆっくりと足を開いていく。

彼女の真っ白な足の間。女の子の大切な場所を隠す、小さな布。

その部分がすでに濡れており、下着が張りつき、割れ目の形をもう赤裸々にさらしていた。

俺は興奮しながら、その布へと手をかける。

「あぁ……♥　クロート様っ、んっ……」

そして下着を取り去ると、彼女の秘められた場所が姿を現す。

「あぅっ、ん、ああ……♥」

無意識に閉じようとする足を押さえて、その花園へと目を向ける。

きっとまだ、何者も受け入れたことのないその秘唇。

とろりと愛液をあふれさせている割れ目へ、そっと指を這わせた。

「あっ♥　ん、はぁっ……クロート様、そこ、あぅっ……」

割れ目を優しくなでるだけで、彼女は過敏に反応する。

それは敏感な場所であるということ以上に、男に性器に触れられているという、初めての状況への反応でもあるのだろう。

「あぁっ……♥　ん、はぁっ……」

俺はゆっくりと、その処女裂をなでていじっていく。

「あふっ、ん、あぁ……んぁっ♥」

ゆっくりと柔らかな割れ目を往復していき、少しだけ押し開く。

「んぁっ♥」

ちゅくっ、と卑猥な音を立てて花が開く。

ピンク色の秘めやかな内側が見えて、興奮が高まった。

俺は生まれたままの姿のカナリアの、その女の子の場所をほぐしていく。

「あっ、んっ、はぁっ……ふぅっ、んっ……クロート様の指が、私の、あっ♥　アソコに、ん、はあっ……」

俺はまず、指で蜜壺をならしていくことにした。

「あっ、ん、指が、私の、あっ♥　んはぁっ……」

愛液が指先をふやかしていく。

彼女のぬるりとした蜜をまといながら、指先でおまんこをいじっていく。

「あぁっ♥、ん、はぁっ、あぅっ……」

くちゅくちゅと卑猥な音をさせながら蜜壺を大胆にいじる。

狭い膣内が俺の指を、かわいらしくきゅっと咥えこんできた。

まだ誰も触れたことがない、カナリアの膣内。

俺は昂ぶりが抑えきれなくなっていった。

「あぁっ♥　ん、はぁっ、あうっ、クロート様、私、もうっ、あっ、んっ……♥」

「なじませるためにも、一度イっておいたほうがいいかもしれないな」

「あぁっ！　ん、あっ、はぁっ……♥」

俺はそのままおまんこをいじり、彼女を刺激していく。

「あっあっ♥　私、あっ、んぁっ、はぁっ、んっ、イっちゃいますっ♥　んぁ、あっあっ♥　ん、はぁっんっ！」

彼女は切れ切れに嬌声をあげながら、高まっていく。

まだ初々しい蜜壺を、少しずつ指先で刺激していく。

そうして、もう片方の指では、秘裂の頂点でぷくりと膨らんでいるクリトリスを優しく刺激した。

「んひぃっ♥　あっ、クロート様っ♥　あっあっ♥　そこ、んぁっ、ああっ！」

敏感な淫芽を刺激され、彼女が声を高くする。

俺はそのままカナリアのアソコを刺激し、女の快感へと導いていった。

「んはっ♥　あっ、もう、イクッ！　イっちゃいますっ……！　あっあっ♥　ん、はぁっ、んあぁあぁぁあっ♥」

そうして身体を強く跳ねさせながら、彼女がイった。

「あぁっ……♥　ん、ふぅっ……」

未経験の快楽の余韻に浸りながら、カナリアが俺を見る。

「クロート様、ん、クロート様も、気持ちよくなってください」

「ああ」

自分で洗濯したばかりの清潔なシーツの上に裸で横たわり、こちらを見つめてくるカナリア。

これほどの美女から清楚で淫靡な姿を見せられて、俺も我慢できなくなっていた。

俺は服を脱ぎ捨てる。

「あぁ……♥　今夜は……いつもより……」

彼女は、はち切れんばかりに勃起している肉棒を見て、声を漏らした。

「それじゃ、いくぞ」

「はいっ……私のアソコで、クロート様を受け止めさせてください♥」

愛らしい彼女の様子に、俺は誘われるまま近づいていく。

「んっ……♥」

そしてその濡れた処女の膣口に、いよいよ肉棒をあてがった。

「クロート様の、硬いおちんぽ♥　私のアソコにあたってます」

「ああ、いくぞ」

そう言ってゆっくりと腰を進めると、くちゅりと愛液が鳴って膣口が広がっていく。

そして亀頭がついに、処女膜の抵抗を受けた。

「んっ……ふぅっ……」

俺はゆっくりと腰を進めていく。

「んぁ、ああっ……！」

カナリアの処女膜を一息に裂くと、肉竿が膣内に飲み込まれていった。

「あぁっ、ん、はぁっ……！　クロート様の、おちんちんっ……私の中に入ってますっ……！　あっ、んぁっ……！　いっぱい……」

「ああ……」

狭く不慣れな膣道が肉棒を締めつけてくる。

処女穴はまだ肉棒の太さに対応しておらず、かなりキツい。

「あふっ……ん、あぁっ……」

たっぷりと濡れている蜜壺が、うねって肉竿全体を刺激していた。

「んっ……はぁ。あうっ……！　私の、ん、おなかの中……熱くて太い、クロート様のおちんちんが、押し広げてます……」

「ああ。カナリアの中、すごく狭いな」

「あふっ、ん、はい……クロート様でいっぱいで、あぁ……」

俺はしばらく動かずに、彼女が落ち着くのを待った。

「あぁっ……ん、ふぅっ……」

その最中も膣襞は震え、それだけでも気持ちがいい。

「あ、あぁ……もう、大丈夫そうです……。クロート様、動いて……私のおまんこで、いっぱい気持ちよくなってください……」

「ああ。わかった」

そう言って、俺はゆっくりと腰を動かし始める。

「ん、はぁっ……あぁっ……」

「すごいな。カナリアの中、吸いついてくるみたいだ」

「あふっ、動くたびに、おちんちんの出っ張りが、中を擦って、んぁっ……！」

俺は慎重に腰を動かしていく。

「クロート様、ん、あぁ……」

ゆっくりと動いていくと、彼女の声に少しずつだが色が混じり始めた。

初めての膣内は狭いながらも、十分に濡れていることもあって動きを助けてくれる。

「あふっ、ん、うぅっ……」

小さく声を漏らすカナリア。

最初は受け入れることに精いっぱいだった表情も、緩んできているようだ。

「わたしの、ん、中を、クロート様が動いて、あぁ……♥」

狭い膣内をほぐすように、ゆっくりと抽送を行っていく。

「あぁ、ん、はぁっ……♥　大きいのが、いっぱい、んっ……」

「うっ、あぁ……」

処女特有の余裕のない締めつけに、俺のほうも追い詰められていく。

「あふっ、ん、はぁっ♥」

カナリアの嬌声を聞きながら、彼女の呼吸に合わせて、俺は少しずつ腰を動かしていった。

「あっ、ん、はぁっ……♥　あうっ、ん、ふぅっ……♥」

膣内もだんだんとほぐれてきて、その声は快楽の色が強くなっていった。

「あっ、ん、はぁっ……クロート様、あっ、んっ……♥」

艶めいていく嬌声を聞きながら、腰の速度を速めていく。

「んはっ♥　あっ、ん、くぅっ！　すごいですっ……おちんぽが、んはぁっ、ズブズブって、いっぱい、んぁっ♥」

ずちゅずちゅと卑猥な音を立てながら、処女穴を犯すピストンを繰り返す。

「あぁっ♥　ん。はぁっ……んくぅっ……♥　クロート様ぁっ♥　あっ、ん、はぁっ、これ、気持ちよくて、私、んぁっ……♥」

「う、あぁ……俺のほうも気持ちいいぞ」

「んぁ、あっ、んうぅっ♥」

昂ぶりのままに、腰の速度を上げていった。

慣れてきたカナリアとともに、お互いに快楽で高まっていく。

「んはぁっ♥　あっあっ♥　あふっ、あっ、ん、はぁっ……♥　私、もうイクッ！　んぁ、おちんぽでイカされちゃいますっ♥」

「あぁっ……俺ももう出そうだ」

「あっ♥　ん、はぁっ……♥　うれしい……きてください、私の中に、いっぱい、ん、あぁ！」

俺は射精欲求のままに、腰を突き出していく。

「んはぁっ♥　あっ、すごい、おちんちん、もっと奥まで、んぁっ♥　あっ……！」

膣襞を擦りあげ、何度も何度も往復していく。初めての場所を征服していくような気分だ。

「あっあっ♥　イクッ、もうイクッ！　クロート様、出してぇっ♥　私のなかに、クロート様の精液を、んぁっ！」

「う、あぁっ……」

うねる膣襞に射精を促され、俺はついに限界を迎える。

そのまま激しく、最高の発射に向けてピストンしていった。

「あっあっ♥　んはぁっ、だめ、もう、んぁっ、あっ、あぁっ♥　イクッ、イクイクッ！　イックウウゥウゥッ！」

どびゅっ、びゅるるるるるっ！

彼女の絶頂に合わせ、俺も気持ちよく射精した。

「んはぁぁっ♥　あっ、しゅごいれすっ♥　んぁ、あぁっ、熱いの、どびゅどびゅっ、私のおまんこに、んぁっ♥」

初めての中イキで蠢動する膣襞に絞られ、精液を遠慮なく吐き出していく。

「あぁっ♥　ん、あふっ……」

カナリアへの中出し射精は、これまでで一番の気持ちよさだった。

「あふっ、あぁっ♥　クロート様の、子種汁が……私に、いっぱい……♥」

「う、あぁ……すごいな……このおまんこは」

最高の気持ちよさに浸りながら、俺は肉棒をおまんこから引き抜いていった。

「あ、んぁっ♥」

引き抜くときにも襞にこすれ、彼女がなまめかしい声をあげる。

「あぁ……♥　ん、ふぅっ……」

俺は肉棒を引き抜くと、彼女を見た。

セックスの余韻に浸り、気持ちよさそうな顔をしているカナリア。その魅力的な、裸の姿。

「あふっ、んっ……」

まだ乱れた呼吸に合わせて上下し、揺れるおっぱい。

細くくびれた腰に、だらしなく開かれたままの白い脚。

そして先程まで俺の肉棒を咥えこみ、まだ薄く口を開いているおまんこ。

そこからは、混じり合ったふたりの体液があふれている。

行為の激しさで浮かんだ汗よりも、ずっと濃くてエロい体液だ。

これまでの人生で出会ったなかで最高の美女。カナリアとセックスし、生中出しをきめた。

その幸福に浸りながら、彼女の横へと倒れ込んだのだった。

第二章　村への移住

今日も俺はバイトで、冒険者ギルドへと向かう。

後々のことを考えれば、もう少し安定した職場で仕事をしたいところだが、冒険者ギルドの報酬は思いのほかよかったので、目先の欲には勝てないのだった。

バイトとはいえ、ひとまず生活に困らないだけのお金は稼いでいけそうだし。

そうしてギルドに顔を出したのだが……。

「ああ、クロートさん……」

俺を迎えたギルド員は、申し訳なさそうな面持ちだった。

「俺になにか……？」

その様子から、よくない予感がした。

「実は、クロートさんが前にいたギルドからクレームがありまして……」

「……なるほど」

聞いてみれば、俺の技術を使うと、ライオネルモデルと似た商品になるとかなんとか……。実際にはただの難癖に近い話だった。しかし狭い世界だ。冒険者ギルドと工房ギルドは、密接な関係を捨てることはできないだろう。

「昨日のものが素晴らしすぎたんです……。冒険者の間でもすぐに話題になってしまって、それが伝わってしまったのかもしれません。上の判断でギルドとしては……ギルド同士のつながりに重きを置きたい、ということになりまして……。この先の武具の納入についての関係もありますし」

「そうか……」

「どうも、そのギルドは街のあちこちに圧力をかけてるみたいです。……力になれず申し訳ない。あんなに神がかったレベルのエンチャントを頼めないのは、冒険者にとっても残念です……」

「いや、こちらこそ迷惑をかけたな……」

俺はそう言って冒険者ギルドを出た。

どうやらあの工房ギルドを追い出された者は、この街にいるかぎり逃れられないらしい。

まだ早朝ともいえる街を歩きながら考える。

ギルドがあちこちに圧力をかけているならば、これはもう真っ正面から戦うか、絡め手で誤魔化すかしか……。いや、よくよく考えればその必要もないか。

今の部屋も手狭だし、いっそのこと街を離れる、いい機会かもしれない。

俺は家に帰り、カナリアと話すことにしたのだった。


仕事に関してギルドの妨害にあったという事情を説明し、カナリアさえ気にならなければ、街を離れるのはどうかという話をした。

「私は、この街に思い入れがあるわけでもありませんし、クロート様についていきます」

「ありがとう。でもカナリアは、田舎より都会のほうが好きかな？」

俺が尋ねると、彼女は小さく首をかしげた。

「正直なところ、あまり街へ出た経験もなかったですし、どちらもよくわからない、といった感じですね」

「そうか」

カナリアは奴隷として捕らわれている時期が長く、生活環境にこだわりはないようだった。

「そうなら、あまり大きな街じゃないほうが、住む場所は見つけやすそうだな……。ともあれ、なにかここで、やり残したことはないかな？」

「いいえ、ありません。すぐに荷造りをいたしましょうか？」

「そうだな。問題なければ、あまりだらだらする必要もなさそうだし」

善は急げというか、圧力がかかった今の状況でギルドとやり合うつもりがないなら、長々と留《とど》まるのもよくない気がした。

そんなわけでさっそく荷造りを始め、ある程度のところで俺は、残りをカナリアに任せた。

以前使ってからはバラしてあった魔導車を、組み直すことにしたのだ。

今度はふたりでの移動だということで、パーツを足して大きくしていく。

この街全体にギルドが圧力をかけているとなれば、少し思い切って離れたほうがいいだろう。

すぐ近くの町では、どうしても交通や商業の拠点であるこの街と関わることになってくるしな。

実際のところ、そこまで強力な力がギルドにあるわけではないだろうが、面倒はできるだけ避けたほうが無難だ。

「わっ、すごいですね。これって、馬はいらないのですか？」

魔導車を見たカナリアが、そう呟いた。

「ああ、エンチャントや魔力で動くからな。馬車と違って休憩もいらないし、速度もずっと出る。まあ、運転はちょっと、慣れが必要だが」

あと、魔力の補充も必要なので、量産して一般人に普及させられるようなものでもない。

だから俺が自分で使うには便利だが、他人には勧めにくい。

ともあれ、これで一気にこの街を離れられる。

カナリアにとっては、奴隷として連れてこられ、命の危険まであった街。

俺にとっては、ブラックギルドで働かされ、最後にはクビになった街。

そう考えると、ろくでもないな。

華やかな場所であり、多くの人が暮らしている都会だが、すべて突き抜けるほどの実力を持つか、姑息に人から搾取しなければ、恩恵は享受できない。

思い返すほど、未練なんてなくなっていくな。

そんなわけで、準備を終えた俺たちは魔導車で、颯爽と街を去っていくのだった。

馬車では何日もかかるような距離でも、魔導車なら爆走できる。

あえて少し街道を外れれば人通りもなく、道が悪い代わりに速度は出し放題だ。

魔導車は馬車よりサスペンションもよくしてあるので、多少の悪路は問題なく走れる。

「本当に速いですね。ぐんぐん進んでいきます。こんな乗り物があるなんて、知りませんでした」

「ああ。まあ、半分は俺のオリジナルみたいな技術だから、世の魔導車ともけっこう違うしな。安全にも気を遣ってあるけど、あまり窓から身を乗り出しすぎないようにな」

「はいっ！」

カナリアは楽しそうに言った。

ここまで機動力のある魔導車は、貴族向けにもそうないだろう。こういうもの自体に乗る機会も、長距離を移動する機会もなかったためか、カナリアは声がすごく弾んでいるようだ。

途中で食事休憩は挟みつつ、俺たちはまっすぐに移動していった。

「すごいですね……領地を超えてまであっさり移動できるなんて。こんなことができるなら、いろいろ運んで商売ができそうですね」

「ああ、そういう行商もできるかもな。商人にこれを売りつけるには、販路の開拓とかメンテナンスが難しそうではあるけど、自分でやる手もあるかな……」

今回のクレームでこりたので、制作物を世に出したりして、万一にもギルドとは拘わりたくない。他に儲ける手段がなければしかたないが、可能なら、面倒な俗世との関わりは避けられたほうがいい。誰かと競って高め合うというのならともかく、既得権益を守ろうとするような連中とは、関わらずに生きたいものだ。製品はともかく、努力で身に着けた技術は俺のものなのだから。

そんな悩みも吹っ飛ばすような速度で疾走を続けるうちに、そろそろ日が傾き始めた。

「暗くなる前に、落ち着く場所を目指そうか」

「そうですね」

一応、このまま車中泊することも可能ではあるが、どうせならもう少しゆったりとくつろぎたい。

もう街からもかなり離れたし、頃合いだろう。

俺は速度を落とし、見えてきた村に近づいていった。

これまで過ごしていた街とは比ぶべくもないが、村としては大きいほうだろう。

この規模なら充分、泊まる場所もあるかもしれない。

俺たちはそのまま、村へと入っていった。

大きな街とは違い、高い城壁などには覆われていないが、モンスター除けの柵だけは張り巡らされていた。

門はまだ日没前だということで開いており、門番はいなかった。

人の出入りは、それなりにあるようだ。

ただ、村の規模に比べれば、出歩く者が少ないような印象がある。

街に慣れているから、感覚がずれているだけだろうか？

そんなことを思いながら、ゆっくりと魔導車を動かしていると、声がかけられる。

「旅人さんかい？　馬なしなんて、珍しい乗り物だね。魔法なのかな？」

「ええ。あの……この村に、泊まれる場所ってありますか？」

俺が尋ねると、彼は大きくうなずいた。

「ああ。ちゃんとした宿はないんだが、空き家に泊まってもらっていいことになっている。この村は立地上、他の街との往来がある割りには、宿泊客は少なくてね。でも、歓迎するよ」

どうやらこの小さな村はあくまで通過点であり、商人や旅人たちは、隣のもう少し大きな街に泊まるのが普通らしい。

珍しいだ宿泊客ということで、俺たちは歓迎されたのだった。

男の案内で、村の人たちも集まってくる。

「それでは、こちらにどうぞ」

シュティーアと名乗った女性にそう声をかけられて、俺たちは空き家へと向かう。

今晩は彼女が、俺たちの面倒を見てくれるらしい。

「村の者が少し掃除をするから、その間はわたしの家でくつろいでね」

そう言って、彼女の家に先に案内される。

「わざわざありがとうございます」

「いえ、こうして村に訪れてもらえて嬉しいもの♪」

そう言って笑うシュティーアは、きれいなお姉さん、という感じの女性だった。

ピンク色の髪が緩やかにウェーブしており、大人っぽさを感じさせる。

柔らかな印象で、性格も面倒見が良さそうだ。しかし最も目を引くのは、彼女の動きに合わせてたゆんっと揺れる、とても大きなおっぱいだった。

カナリアも胸は大きいが、それを超える爆乳だ。

「ねえ、ふたりはどこから来たの？　商人……って感じじゃないわよね。旅人かな？」

「ああ。でも、暮らしていた街を出たばかりなんだ。新しく住む街を探してる」

「へぇ、もうなんとなくは決まってるの？」

「いや、まだまったく。この旅で、いいところを見つけたいと思ってる」

俺がそう言うと、彼女は笑みを浮かべた。

「それなら。ここに住めばいいのに……なんて、いきなり言われても困っちゃうわよね」

「いや、けっこう良さそうな気もするけどな」

もとの街からかなり離れたここなら、ギルドの妨害もないだろう。

それに、カナリアの呪いの噂を知る者もいないはずだ。

民家が余っているというのも、条件がいい。

魔導車にも泊まれるから、住む場所は焦って決める必要もないし、もっとのんびりでもいいが。

「とりあえず、ご飯をつくりましょうか。苦手なものとかある？」

「あっ、私、手伝いますっ」

そう言ってカナリアが腰を上げる。

「いいわよ。お客様はくつろいでいて。旅で疲れているでしょう？」

シュティーアはそう言って、キッチンへと向かった。

「なんだか、この村の人々は良い人たちですね」

それを見送って、カナリアが言う。

「ああ。ただ偶然訪れただけで、こんなによくしてくれるなんてな」

街では誰もがもっとドライで、常に利害が絡んでいた。

わかりやすいと言えばわかりやすいし、それも一種の安心感があるのだが、こうして優しさに触れると、新鮮で心地いい感じがするのだった。


そしてその後。掃除が終わったという家に移動すると、他の村人も合流して、ちょっとした宴会のようなものになるのだった。

「いやあ、なかなか珍しくてな。客人は、嬉しいものだね」

村のおじさんは上機嫌に言うと、こちらに酒を注いでくれる。

「ほらほら、こっちもどうぞ」

そして反対側からは、料理を盛った皿が渡された。

俺たちは村人から、それぞれに歓迎を受ける。

「ここは街道沿いだというだけで、ゆっくりしていく人はあまりいないからな」

「若者も、すぐに街へ出ちゃうしね」

「なるほど……」

大きな街のほうが、仕事はあるしな。

特に元の街のような発展を続ける場所だと、求人の需要も高まり、引く手数多だ。

景気も一時期より回復しているため、そうする若者が増えているのは納得だった。

そんな話を聞きながら、俺は宴会を楽しんでいった。

そこで俺はふと、玄関横にまとめられている、痛んだ道具を見つけた。

「これは……？」

「ああ、それは具合の悪くなった道具だな。放置されていたのをまとめておいたんだ。気になるなら、あとで片すよ」

「いや大丈夫。……そうだ、歓待してもらったお礼に、そう思っている道具類があったら声をかけてくれ。直せると思うよ。サンプルとして、これを借りるよ」

俺は錆《さび》かけ、刃こぼれしている包丁を手にした。

刃物の類《たぐ》いは扱いに慣れている。

俺はその包丁に基礎工程を行い、自動修復のエンチャント、そして切れ味の強化を行っていった。

終わると試しがてらに、エンチャントではもうどうしようもないほど朽ちている鍬《くわ》を切ってみる。

「えっ……！　鍬が真っ二つって……兄ちゃん、もしかして剣豪かなにかなのか？　それとも、魔法使い？」

「一応は、魔法使いだ。といっても、モンスターと戦うような派手なのじゃなくて、エンチャント中心だが」

「すごいな……！　え、他にもいろいろ直したり、強化できるのか？」

「一応、一通りのことは。特に相性がいいのは刃物だけどな」

長年やってきただけあって、そのあたりは自然とできる。

他にも、魔導車を作ったりもできるので、武器のエンチャント以外ももちろん可能ではある。

それなりに役に立てるだろう。

そんなふうに思っていうと、村の人たちがずいっと近寄ってきた。

「付与系の魔法使いなんて、すごいな……この村には、魔法使いがいないんだ。よければ一泊といわず、ずっとここに住んでくれないか？　家はあるし、何なら、新しく建てたっていい」

「そんな急に詰め寄ったら驚いちゃうだろ？　でも、住むとまではいわずとも、もうちょっとゆっくりしていかないか？」

そんなふうに囲まれ、ありがたられてしまうのだった。

まあ、確かに、魔法はいろいろと便利だしな。

様々な効率アップに役立つ。

若者というだけでも珍しく、好意的だったのが、魔法使いということでさらに需要が高まったみたいだった。

現金だともいえるが、能力を必要とされるのは、わりと気持ちがいいものだった。

工房ギルドのときはあくまで、ぞんざいだったしな……。

だからこそ、冒険者ギルドで褒められたときも嬉しかったし……こうして、必要としてくれる人がいるなら、応じてみるのもいいのかもしれない。

行く当てもなかったし。後でカナリアとも話してみて、彼女がいいというなら、このまま村に留まってもいいのかもしれない。

そんなふうに、俺は思うのだった。

●

そしてカナリアと相談した結果、俺たちは試しに、この村に住むことにしたのだった。村唯一の魔法使いということで、本当にありがたがられている。

これまでにない様々な感謝を受けて、気持ちよく働けていた。

移住者そのものが珍しいということもあり、遠方の血が入っているカナリアも、それを意識することなく暮らせているようだ。

たまたま近所だったということもあり、案内役のシュティーアとも一緒に過ごすことが多くなった。彼女は元々面倒見がいいタイプらしく、この村でのことを教えてもらったりしながら過ごしていくのだった。

やはりこの村の年齢層は高く、シュティーアは年の近い俺や、妹のようなカナリアを気に入っているようだった。

カナリアの話し相手が増えたのは、俺としても、この村に来てよかったと思えたことのひとつだった。

街では仕事以外での交流というのは、誰とでもするようなものじゃない。

酒場なりなんなりで積極的に声をかけていけば友達を増やすことは可能だが、基本的にはドライなものだ。

それが心地いい部分も個人的にはある。だが、強制的に囲われていたカナリアにとっては、こんなふうに交流が持ちやすいのはいいことだろう。

まだ日は浅いが、俺としても、ここでの暮らしはとても気に入っていた。

「シュティーアはここの出身なのか？」

「いいえ、十五年くらい前にこっちへ来たの」

「そうなのか」

この国では比較的、人の移動が盛んに行われている。

ある程度平和で治安がよく、その分いろんなところを開発しようとしている人々がいるからだ。

開拓は上手くいけば金になる。

そのため、土地の開発と放棄が繰り返されているのだった。

「クロートは？　ここに来る前の街では、長かったの？」

「ああ。最初にいたところから出てきてからは、ずっと同じ街にいたな」

「そうなんだ」

「華やかなところではあったけど、実際にそれを享受できるのは一握りだったな」

俺はぼんやりと遠くを見つめた。

国こそ同じではあるが、ここはもうあの街からはずっと離れている。

知り合いに会うことなんてないし、ギルドの手も届かない。

「こっちに来て、ようやく落ち着けた気がする」

「それはよかった」

ブラックなところで働いていたころは、まともに休む暇はなかったからな。

それが今では、得意の魔法を上手く使いながら、のんびりと過ごすことができる。

夜遅くまで開いている店や、建ち並ぶ屋台はないけれど、そんな時間に出歩く必要がまずないからな。

穏やかな時間の流れが、今の俺には心地よかった。

最近では、村人としても認められてきて、しっかりと馴染みはじめた実感もある。

俺もカナリアも、街にいた頃よりものびのびと暮らせていた。

「わたしも、クロートが来てくれてよかったよ。こうして話もできるしね」

「ああ、そうだな」

年齢が近いこともあって、お互いに話しやすい。

年上の人たちにかわいがられるのもありがたいことだが、こういうのはまた別だろう。

俺はあらためて、この村に来てよかったと感じるのだった。

●

そうしてまたしばらくの時間が過ぎ、村での生活にもすっかりと慣れたある夜。

シュティーアが俺の家……というか部屋を訪ねてきた。

「夜這いに来たの♪」

そう言った彼女は、妖艶な笑みを浮かべた。

「この村では、女のほうが迫るものなの。こうして、夜這いに来てね」

「……な、なるほど」

勢いに押されてうなずきながら、彼女を迎え入れる。

シュティーアはその爆乳を魅惑的に揺らしながら、ベッドへと向かう。

彼女のような美女に誘われれば、乗るに決まっていた。

据え膳食わぬはなんとやらだが、しかし、本当だろうか？

「……ここって、人口が偏ってるでしょ？」

俺の疑問が伝わったのか、シュティーアは話し始める。

「ああ、確かに」

村には、若い男が極端に少ない。

女性のほうは十代の子もいるが、男は俺よりずっと年上ばかりだ。

「そういう意味でも、村に来てくれたのがクロートでよかった」

そう言いながら、彼女はベッドに上がった。

それを追って、俺もベッドへ。

「まあ、だからクロートと違って、わたしは経験はないんだけど……。一応、知識はあるからね。クロートのこと、気持ちよくしてあげる♪」

「おう」

シュティーアはきれいなお姉さんタイプで、見た目はいかにも経験豊富そうだ。

普段から、本人には余裕もあった。

そんな彼女が初めてだというのは、ギャップでなんだか余計にエロい気がする。

俺はシュティーアのご奉仕を、素直に受けることにしたのだった。

「んっ、なんだか緊張するわね……それじゃ……」

そう言って、彼女が俺のズボンを脱がせていく。

「あっ、ここ、膨らみがどんどん大きく……♥」

俺の股間に顔を近づけながら、ズボンを脱がしていくシュティーア。

その光景とこれからへの期待で、肉棒に血が集まってくる。

カナリアとのことは続いているが、こんな美しい女性に迫られるとなると、俺だって緊張する。

それが興奮となってパンツを押し上げていて、シュティーアもその変化に釘付けになっていた。

「ん、この中に、クロートのおちんちんが……」

そう言いながら下着に手をかけ、いきなり脱がせてきた。

「きゃっ♥」

解放された肉棒が跳ねるように現れ、シュティーアがかわいい声をあげる。

「あっ、すごい……おちんちんって、こんなに大きくて、反り返ってるものなのね……♥　なんか聞いてたのと……。ん、じゃあ、触るわよ……」

「ああ、頼む」

俺がうなずくと、彼女はおそるおそるといったように、肉棒をつまんだ。

「わっ、熱くて、硬い……血管が浮いてて……これ、すごいわね……こんなのが足の間にぶら下がってるなんて……んっ」

彼女は肉竿の形を確かめるように、にぎにぎといじってくる。

妖艶なお姉さんの無邪気な姿は、背徳感混じりの興奮を呼び起こしてくるのだった。

「んっ、すごいわね……クロートのおちんちん……♥」

彼女は興味深そうに、じっとチンポを眺めている。

何度味わっても、まじまじと見られるのはくすぐったいような気分だ。

「んっ、これを擦ればいいのよね……それじゃ、本格的にいくわよ」

「ああ」

そう言うと彼女は、俺を転がすように押し倒し、そのまま覆い被さってきた。

「んっ、こうして、おちんちんをにぎって……しーこ、しーこ……」

彼女はそのまま肉棒をしごいてくる。

「しーこ、しーこ……おちんちんをしごいて……熱くて硬いの、わたしの手で……しーこ、しーこ」

彼女は肉竿をしごき、刺激してくる。

その気持ちよさを素直に受けていると、シュティーアは楽しそうに言った。

「こうやって擦るの、気持ちいい？」

「ああ、いいぞ」

「そうなんだ。それじゃあもっとするね、しこしこ、しこしこっ♪」

彼女は手のスピードを上げて、肉棒をしごいてくる。

「このガチガチなおちんちんから、精液が出るのよね……♥　しこしこっ、硬いおちんちん、しこしこしこしこっ♥」

彼女はそのまま手コキを続けてくる。上下運動に合わせて、指がカリ裏も刺激していた。

「しこしこ、しこしこっ……でるとこ、見たいなぁ♥」

しなやかな手が、肉竿をしごいていく。

「白いのをぴゅっぴゅっできるように、んっ、乳搾りみたいに指を使うって聞いたし、ん、しょっ……こうかな♥」

「うぉっ……」

しなやかな細指に順番に力を入れて、肉棒を絞るようにしごいてくる。

その動きに射精を促され、欲望が湧き上がってきた。

「ん、しょっ……おちんちんしこしこ、きゅっきゅっ……雄の濃いミルクをいっぱい出してね♪　しこしこ♥」

搾乳を行うような彼女の手コキ。その気持ちよさに、どんどんと高められてしまう。

「しこしこ、むぎゅぎゅっ♥　あ、もっと硬くなってきた♥」

リズミカルにしごかれ、射精欲が膨らんでいく。

「おちんぽ絞られて、んっ、精液、いっぱい出しちゃえ♥　しーこ、しーこ、きゅっきゅっ、しこしこしこっ♥」

耳元で囁かれると、背筋がぞくっとする。

「う、シュティーア、あぁっ……！」

「先っぽから、透明なお汁が出てきてるね……そろそろ、イキそうなんだ？　しこしこっ、むぎゅぎゅっ、しこしこしこしこっ♥」

「うぁっ……！」

彼女はさらに速いペースで肉棒をしごき、追い詰めてくる。

「わたしの手で、いっぱい、濃いの出してみて♥　おちんぽしこしこしこっ、むぎゅぎゅーっ、しこしこしこしこっ♥」

「ぐっ、出るっ……」

「いいよ、出して……わたしの手で、乳搾り手コキされながら、しこしこ、きゅっきゅっ、しこしこしこしこっ♥」

「う、あぁっ……！」

俺はシュティーアに搾り取られるまま、射精していった。

「ひゃうっ♥　あっ♥　すごい……♥　おちんちん、びくんびくん跳ねながら、んっ♥　精液が飛び出してる……♥　あ……これがせーしなんだ……はぁ♥」

彼女はうっとりと言いながら、そのまま精液を絞り出していった。

「ああっ……♥　濃くてどろっどろのせーえきが……おちんちんからまだ、びゅくびゅく出てるね……♥　これが男の人の、んっ♥」

彼女は顔を赤らめながら、俺の精液を確かめていた。

「すっごい生臭くてえっちな匂い……おなかの奥にきゅんときちゃう……♥」

初めて見る精液を前に、シュティーアも発情しているようだった。

「あぁ……♥　すごい、んっ……」

「それじゃ、次は俺の番だな」

「きゃっ♥」

俺はそう言うと、彼女を抱き寄せて、軽く服をはだけさせる。

「今度は俺が乳搾りをしようか」

「あ、やんっ♥」

俺はそのたわわな爆乳へと手を伸ばし、揉んでいく。

「んっ♥　あっ、ふぅっ、んぁっ……」

むにゅむにゅとおっぱいがかたちを変え、シュティーアが色っぽい声をあげていった。

「ああっ♥　ん、はぁっ、んぅぅっ……」

そのまま、さっき俺がされたように根元から先端へと、指で絞っていく。

「あんっ♥　あっ、ん、あぁっ……わたしのおっぱい、しぼっても何もでないからぁっ……♥　ん、あっ、んぁっ」

「かわいい声は出てるけどな」

そう言いながら、さらにおっぱいを刺激していく。

「ん、あっ、んんぁ、ふぅっ、あぁっ……♥」

彼女は嬌声をあげて、されるがままになっていた。

「ん、あぁっ……♥　んぁ、ふぅ、んっ……」

むにゅむにゅと、村一番の大きなおっぱいを堪能していく。

「あぁっ、ん、はぁっ……」

柔らかな爆乳は、ずっと触っていたいような心地よさだ。

「あふっ、ん、あぁっ……♥　おっぱい、そんなにしぼっちゃ、あっ、や、だめぇっ……♥　わたし、ん、くぅっ……」

シュティーアは気持ちよさそうに身もだえていく。俺はそんな彼女の胸をさらに楽しんでいった。

「あぁっ……♥　ん、はぁっ、あうっ、ん、あぁっ……」

好きにおっぱいをいじっていると、ますます感じて乱れていく。

「あぁっ♥　ん、ふぅっ、あぁっ……♥」

たわわな爆乳がかたちを変えている姿は、とてもエロくてそそる。

指の隙間からあふれる乳肉。やはり、処女とは思えないほどの色っぽさだ。

「あぁっ……ん、はあぁっ、ふぅっ、んっ……」

くにゅりと柔らかく変形するおっぱいを揉み込む。

そうするとシュティーアの声も、さらに高くなっていく。

「あっ、ん、はぁっ……♥　あぁっ！　クロート、ん、あうっ……」

彼女の乳首を、きゅっとつまんだ。

「んはぁっ♥　あっ、んぁっ……！」

すぐに敏感に反応したので、またきゅっと力を込める。敏感乳首を、容赦なくいじっていった。

「あっ、ん、はぁっ、ん、くぅっ……♥」

シュティーアがくぐもる嬌声をもらしながら、感じていくのがわかる。

「あっ♥　ん、はぁっっ、ん、くぅっ……クロート、わたし、ん、あぁっ……ん、あぁっ……！」

俺はそんな彼女の、スカートの中へと手を忍ばせた。

「あっ♥　そこ、んっ……♥」

下着越しに、彼女の割れ目をなで上げる。

未開のそこはもう十分に濡れており、くちゅくちゅといやらしい音をたてた。

「あぅ、ん、はぁっ……」

それでも、彼女は初めてなのだ。そのまま、蜜壺をほぐすようにいじっていく。

「んぁっ♥　あっ、クロートの指、ん、はぁっ……♥」

シュティーアは感じ入りながら、身体を揺らしていく。

ぴったりと閉じるおまんこをほぐし、指先で少しずつ広げていった。

「あぁっ、ん、ふぅっ……ね、クロート……」

彼女はおねだりするように、俺を見つめた。

発情し、うるんだ瞳。その表情はとても色っぽく、俺の劣情をかき立てる。

「クロートのおちんちん、もう……わたしの中に挿れて……♥」

「ああ……」

そんなふうに言われては、俺だって我慢できない。

「シュティーア、四つん這いになって」

「うん……」

俺が言うと、彼女はすぐに四つん這いになった。

丸みを帯びたお尻が、こちらへと突き出されている。俺はそこを、スカート越しになでた。

「ん、あぁっ……」

そしてスカートをまくり上げると、その下着を抜き去ってしまう。

「あぅっ……クロート……」

シュティーアは恥ずかしそうに、少しお尻を振った。

しかしそれは、かえって雄《おす》を誘っているようにしか見えなかった。

秘唇はもう十分に濡れており、愛液を垂らしている。

「あぅっ、ん、ふぅっ……」

俺はその初心《うぶ》な膣口に、滾《たぎ》る肉棒をあてがった。

「あっ、んっ……熱いのが、当たってる……♥」

「ああ、いくぞ」

「うん、きてっ……♥」

俺はゆっくりと腰を押し進めていく。

「あぁっ、ん、はぁっ……♥」

ちゅぷ、と愛液をまといながら、肉棒が割れ目を押し広げていった。

「ん、くぅっ……！」

そしてついに、亀頭が処女膜に当たる。

「あっ……ん、クロート……」

彼女もそれを感じたのだろう。小さく声を出した。

「いくぞ」

「うんっ……」

俺はそのまま肉棒を奥へ進め、シュティーアの処女膜を破った。

「ん、あぁぁっ……！」

ぬぷりと肉棒が蜜壺に入り込み、シュティーアが悲痛に声をあげる。

「あっ……ん、ふぅっ……」

彼女の全身に力が入り、膣道がぎゅっと締まる。

「うっ……くぅ」

その未通の狭さに、思わず声が漏れた。だがここを押し進むのは、初めてだけの特権だ。

「あぁ……ん、ふぅっ……」

俺はシュティーアが落ち着くまで、そのお尻をなでながら待つ。

「あぅっ、ん、はぁ……」

少しずつ力も抜け、膣道もここちよい締めつけになっていく。

そろそろよさそうだな。俺はゆっくりと腰を動かしていく。

「あぁっ……ん、ふぅっ……♥　すごい……わたしの中、あっ、ん、おなかの奥まで、クロートのおちんちんが、んっ……♥」

ゆっくりと動き、まだ過敏な膣襞を擦りあげていく。

「あぅっ、ん、はぁっ……硬いのが、あっ、擦って、んぅぅっ……なにこれ……あっ♥　ん、はぁっ、ふぅっ、んっ……」

膣襞をかき分け、肉棒を届かせていく。

「あぁっ、ん、ふぅっ♥」

丸いお尻を突き出しながら、シュティーアが色めいた声を漏らす。

まくれあがったスカートの奥で、ピンク色の蜜壺が肉棒を咥えこんでいるのがよく見える。

美女の初めてを汚す快感。

俺はそのまま、欲望に突き動かされるように腰を振っていった。

「んぁっ♥　あ、ん、くぅっ……！」

四つん這いのシュティーアが腰を振り、吸いついてくる膣襞を擦り上げて、俺も昂ぶっていく。

「あぁっ、んはぁっ、んぅっ♥　すごい、あぁっ……中、擦られて、あうっ、ん、はぁっ……気持ちよくなってきて、あぅっ……」

シュティーアが甘い声で言った。

チンポで感じてくれているのを見ながら、さらに抽送を行っていく。

「あふっ、ん、はぁっ……♥」

腰を前後させながら覗けば、おまんこが肉棒を咥えこんで、はしたなくヨダレをこぼしているのがわかった。

「あぁっ……♥　ん、はぁ、んうぅっ……！」

嬌声をあげはじめる彼女を、バックで思う存分に突いていく。

「あぁっ……♥　ん、はぁっ、ふぅっ、ん、あぁっ！」

だんだんとその声が小刻みになり、快感に埋もれていくのがわかる。

「あっあっ♥　やっっ、ん、だめぇっ……♥　わたし、ん、はぁっ、ああっ！　あぁっ、気持ちいいの、きちゃう、ん、はぁっ♥」

膣襞がうごめきながら肉棒を締め、快感を最大限受け取ろうとしていた。

淫乱気質を予感させるおまんこを、さらにペースをあげて突いていく。

「んはぁっ♥　あっ、だめっ！　もう、あっ、んぁっ、イクッ！　イっちゃう！　あ、ん、はぁっ、んうぅっ、ああっ！」

シュティーアの嬌声が大きくなり、どんどん乱れていく。

「あっあっ♥　もう、イクッ！　んはぁっ！　あうっ、おまんこ、奥まで突かれて、あっ、ん、はぁっ♥　イクッ、んんっ……！」

絶頂が近づき、彼女がその身体を揺らしていく。

俺はしっかりと腰をつかみ、肉棒を打ちつけていった。

「んはぁぁっ♥　あっ、ああっ……！　すごいのぉっ、んぁっ♥　あっ、イクッ、イクイクッ！　イックウウゥゥゥッ！」

「う、あぁ……締まる……」

彼女が絶頂し、全身に力を入れた。ぎゅっと狭まる膣道に、肉棒がしっかりと絞られていく。

「あぁっ……♥　ん、はぁっ……」

快感で彼女の上半身が崩れ、ベッドに倒れ込んだ。

シュティーアはお尻だけを高く上げた状態で、ペニスを咥えこんでいる。

「う、俺もいくぞ……」

「んひぃっ♥　あっ、んぁっ……」

俺だって限界が近い。シュティーアの処女の奥地に、このまま吐きだしてしまいたい。

興奮のままに、おまんこを差しだしている彼女の中を往復していった。

「んはぁっ！　つあっ♥　あんっ！　イってるところ、突かれるの、んぁ、気持ちよすぎて、おかしくなりゅっ……♥」

「う、そろそろいくぞ……」

「んひぃっ♥　あっ、んくぅっ♥　あぁっ、んぉっ、あぁっ！　おちんぽ、ずぶずぶ、中を突いて、あっあっ♥」

俺は精液が込み上げてくるのを感じながら、そのまま腰を振っていく。

「んはぁ♥　あっ、んぁ、しゅごい、んぁっ♥　気持ちよくて、あっあっ♥　とろけちゃう、んぁ、ああっ！」

「ぐ、出すぞ……！」

びゅくくっ、びゅくんっ、びゅるるるるっ！

俺は彼女のおまんこに、遠慮なく中出しをした。

「んはぁぁっ♥　あっ、ああっ……！　すごい、熱いの、びゅくびゅくっ、んぁっ♥　あっ、んぅうぅぅぅっ♥」

「うっ……あぁ……」

初めての膣内射精を受けて、彼女はまたイったみたいだ。

うねる膣襞がしっかりと肉棒を締めあげ、精液を絞りとってくる。

「あぁっ♥　ん、はぁっ……わたし、クロートに種付けされちゃってる♥　あぁ……せーえき、中にびゅくびゅく出て、んっ♥」

彼女はあられもない声をあげながら、中だし精液を受け止めていった。

「あぁ……ん、はぁ、ふぅっ……」

そしてそのまま、脱力していく。

俺は肉棒を引き抜くと、彼女をベッドへと寝かせた。

「あぁ……♥　クロート、ん、すごかったよ……♥　あぅっ……まだおなかの中に、クロートのが入ってるみたい……」

シュティーアは嬉しそうに言う。そんな彼女を見ながら、俺も隣に寝転んだ。

大歓迎だが、夜這いの習慣まであったとは、この村のことはまだまだ知らないこともあるな。

俺はそんなことも考えながら、行為後の余韻に浸っていくのだった。

●

シュティーアともそういう関係になり、村での暮らしはますます心地良いものになっていた。

まあ小さな村だということもあって、その件はすぐに広まってしまったのだが……。

好意的に受け入れられているとはいえ、若干、妙な気分になるところではある。

でも村で暮らすなら、こういったことにも慣れていくのだろうな、と思った。

なにがあっても、村での生活はこれまでよりもずっといいものだし。

ブラックな残業もないし、のんびりと暮らせる。

俺が来るまでは、魔法使いのいなかった村だ。最初はいろいろと不便なこともあったのだが、俺が魔法アイテムを作り出していくことで、最近はけっこう便利になってきている。

都会ほど何でも手に入るようにはならないが、生活面での不便が減っていけば、そのあたりは気にならなくなる。

豊富な物資やきらびやかな環境に囲まれると、周りに合わせて自分も……と、物欲や見栄のために求めるものが増えていく。だが本来なら、そこまで必要なものというのはないのだろう。

村でのんびりと過ごしていると、そういった物欲から解放されていくのを感じていた。

まあそれも、生活面での不便さについて解消されているからこそ、出てくる心の余裕なのではあると思うけど。

そんなふうにして俺は、村での理想的な生活を送ることに成功しはじめていた。

そして夜になると……カナリアやシュティーアのような美女と、ベッドをともにすることができるのも嬉しい。そんな最高に幸せな日々。それが当たり前になっている。

そして今日はついに、ふたりが一緒に俺の部屋を訪れたのだった。

「クロート様、今夜は私たちでご奉仕させていただきますね」

「クロートのこと、いーっぱい気持ちよくしてあげる♪」

そんなふうに言いながら迫ってくるふたりを、ベッドで迎える。

「クロート様、こちらに……」

「えい、ぎゅー♪」

カナリアに呼ばれて近づくと、後ろからはシュティーアが抱きついてくる。

彼女の爆乳が、俺の背中にむにょんっと柔らかく押し当てられていた。

温かな気持ちよさを感じていると、前からはカナリアが俺の服を脱がせてきた。

「ん、クロート様、失礼いたしますね」

そう言いながら、ズボンと下着を下ろしてくるカナリア。

何度も身体を重ねることで、そのあたりにも慣れてスムーズになっていた。

「あぁ、出てきました、クロート様のおちんちん♥」

彼女はそう言うと、まだ血の集まっていないそこをそっと手に取った。

「まずはお口で……あむっ♥」

「うぁっ……いきなりだね」

彼女は肉竿を、ぱくりと咥え込んでいだ。

「まだ小さいこの状態なら、しっかりとお口に収めることができますね♪」

温かな口内で、ペニスが刺激される。

「れろっ、ちゅっ……ちゅぷっ……」

「おぉ……これじゃすぐに、イかされちゃうな」

「クロートのおちんちん、すっかりカナリアに咥えられてるわね」

後ろから抱きついているシュティーアが、身を乗り出しながら言った。

身体がさらに密着してきて、爆乳が押しつけられている。

その気持ちよさとともに肉竿は大きくなって、カナリアの口内で愛撫される。

「あむっ、ちゅぷっ……んぁっ……れろれろっ……」

舌先が亀頭をなめ回し、裏筋をくすぐるように動く。

そんなふうにされては、勃起せずにはいられない。

「あっ♥　ん、んむっ……。　私のお口の中で、クロート様のおちんちんが、どんどん膨らんでます……♥　ちゅぱっ」

「あぁ……気持ちいいよ」

「あふっ、もう大きくて、入りきらなくなっちゃいます♥」

彼女はそう言いながら頭を引いていく。膨らんだことで、肉棒の根元が現れてきた。

「ちゅぷっ、ん、あふっ……♥」

カナリアの唾液でテラテラと光る肉棒。それを見て、シュティーアも正面へと回ってきた。

「これだけ大きければ、ふたりで舐められるわね♪」

「そうですね……クロート様のおちんちん、私たちの舌でいっしょに、気持ちよくしてさしあげます……れろぉっ……♥」

「うっ……そうくるか」

「わたしも、ぺろろろっ……ちゅっ♥」

「あぁ……ちょっと！」

ふたりが顔を寄せて、同時に舌を伸ばしてくる。

「れろっ……」

「ちろろろっ……」

そしてそれぞれに、肉竿を舐めてくるのだった。

「れろっ……ちろろっ、ちゅっ♥」

「ぺろぺろっ……ちゅっ、れろぉっ♥」

美女ふたりに肉棒を舐められるのは、想像以上に気持ちがいい。

「れろろおっ……ちろっ、ぺろぉっ♥」

「ちゅっ……れろっ、ぺろぺろっ」

自由に動く舌に加えて、美しいふたりが股間に顔を近づけている姿もエロい。

そんなふたりを眺めているだけでも、男としてはかなりそそる。

「あむっ、じゅるっ……れろっ……」

「ちゅぱっ、ちゅっ、んんっ……♥」

「クロート様は、この裏っかわが気持ちいいんですよね？　れろろろっ！」

「う、あぁっ……」

「こっちの、膨らんだところも気持ちいいんでしょ？　ちろろろっ」

「おうっ……！」

ふたりが思い思いに、敏感なところを責めてくる。

ひとりではできない同時責めは、二倍以上の気持ちよさだった。

「れろっ、ちゅっ、ちゅぱっ……♥」

「ちろろっ、ん、ふぅっ……あぁ……♥」

「ふたりとも、うぁ……」

彼女たちは、その柔らかな舌を伸ばして肉棒をなめ回してくる。

「あむっ、じゅるっ……ちゅっ……太いおちんぽの、血管をなぞるように……。れろっ……ちろっ、つー……ちろろろっ」

「あぁ……上手いな……やっぱり」

「それじゃわたしは、唇でおちんちんをはさんで、あもっ♪　ん、ちゅぱっ♥　ちゅぷっ、ちろろろっ……！」

「う、ああ……！」

両側から、ふたりがペニスを刺激してくる。もうすでにガチガチになって、グロテスクなほどそそり立っている肉棒のすぐそばに、美女ふたりの可憐な顔がある状態だ。

「あむっ、じゅるっ、れろっ……」

「ちろっ、ちゅっ♥　ちゅぱっ……！」

彼女たちは肉棒にご奉仕して、はしたないほど舌を伸ばしていた。

「れろっ、ちゅっ……♥　あっ、先っぽから、えっちなお汁があふれてきましたよ……。ほら、れろぉ……♥」

「カナリア、うっ……」

「そうなのね……それじゃ、こっちで精液いっぱい、たぎっているのかしら、ぺろっ♥」

「おうっ……」

カナリアが鈴口あたりを舐めて、我慢汁を舐めとってくる。

その気持ちよさに気を引かれていると、シュティーアの舌が陰嚢へと伸びてきた。

「あぁっ♥　タマタマ、重くなってる♪　この中に、クロートの大切な子種がいっぱい詰まっているのね。れろっ、ちゅぱっ♥」

「あっ……そこは」

ペニスほど直接的な刺激ではないものの、射精を意識させるような言葉とともに、彼女の舌がいやらしく舐めてくる。

「あむっ、ちゅぷっ、れろろろっ……♥」

睾丸を押し上げるように愛撫されると、身体が自然と射精準備を始めてしまう。

「あむっ、じゅぽっ……立派な子種袋をあーむっ♥」

「うっ、あぁ……」

シュティーアが玉の片方を含み、舌で転がしてくる。

「れろれろっ、ころころっ……タマタマ、んっ、いっぱい刺激して、たくさん精子を作ってもらわないとね♥」

「そんなことしなくても、うぉっ……」

最近は彼女たちに積極的に求められ、毎晩交わる暮らしを送っていたせいか、精力が増している。

まあ、こんな美女が種付け大歓迎と誘ってきて、その最高のおまんこで射精を受け止めてくれているのだ。本能がどんどんと活性化し、精子の量が増えてしまうのも当然といえた。

「あむっ、じゅるっ、ちゅっ……クロートの、大事な大事なタマタマを、わたしのお口で、いっぱいかわいがってあげる♥」

「ちゅぷっ、ちゅぅっ♥　クロート様の我慢汁、とろとろあふれてきちゃってます♥　濃い精液、発射準備できちゃってますね♥」

「ああ……うっ！」

カナリアは先端に吸いつき、敏感なところを責めてくる。

「私のお口に、いっぱい出してくださいね……じゅぷっ、じゅるっ、ちろろろっ、ちゅぱっ、ちゅぅぅぅっ♥」

「う、あぁ……」

カナリアは口を大きく動かし、肉棒を擦りながら吸いついてくる。

「じゅぷじゅぷっ♥　ちゅゆ、じゅるるるっ……じゅぼっ、ちゅぱっ♥」

激しくバキュームし、肉棒から精液を吸い出そうとしてきた。

「じゅぷっ……ちゅっ、れろっ、ちゅぱっ、じゅぶぶっ、ちゅぅぅぅっ♥　らしてくらさいっ♥　ん、じゅぶぶっ、じゅるっ……」

「あぁ♥　タマタマ、きゅっとせり上がって、射精しようとしてる♥　ほら、お姉さんが手伝ってあげる♥　れろっ、ちゅぶっ」

「あぁ……そっちもかなり……くっ」

シュティーアが玉をさらに押し上げたので、そのまま精液が出そうになる。

「う、もう、出るっ……」

俺が言うと、カナリアはとどめとばかりにバキュームフェラを激しくしていった。

「いいれふっ、じゅぶぶぶぶっ♥　わらひのおくひに、じゅぶっ、せーえき、じゅぶぶっ、らして……じゅぶじゅぶじゅぶっ、ちゅぶぶぶぶぶっ！」

「ぐ、ああっ……！」

「んむっ!?　ん、んんっ！」

俺は促《うなが》されるまま、カナリアの口内に射精した。

「んむっ、ん、んくっ……♥」

肉棒が跳ねながら、精液を放っていく。

カナリアはそれをしっかりと口で受け止め、すべて飲んでいった。

「んく、ん、ごくっ……んむっ、ちゅっ……♥　ん、ごっくん♪　あぁ……クロート様、精液、しっかりといただきました♥」

カナリアが妖艶な笑みを浮かべながら言った。

その顔は発情しており、彼女自身ももう濡れているだろうというのがわかる。

「ふふっ、クロート……まだまだ出せるわよね？　タマタマ、まだこんなにずっしりと重いし、精液いっぱい溜まってるでしょ？」

「あぁ……」

シュティーアはたぷたぷと、指で玉を持ち上げるようにいじってきた。

仕事をしたばかりの睾丸だが、こんなふうに美女ふたりに求められてしまっては、今も急ピッチで、精子を生産していることだろう。

肉棒だって、まだまだ出したりない、とフル勃起したままだ。

「それじゃ次は、えいっ……」

シュティーアが俺を押し倒して、上にまたがってくる。

そしてそのまま、服をすべて脱ぎはじめた。

たゆんっと揺れながら現れる爆乳に目を奪われていると、ふたりともどんどん脱いでいく。

「クロート様、ん、私のここ、もうこんなに……」

そしてカナリアは俺に跨《また》がり、とろとろに濡れたエロいおまんこを俺へと見せつけてきた。

そんな彼女の腰をつかむと、自分の顔のほうへと引き寄せる。

「あんっ♥」

美少女のぬれぬれおまんこが、すぐ目の前に来た。

「愛液をこんなにあふれさせて、雌のフェロモンもたっぷりと香ってくるな」

「あっ♥　クロート様、んっ、そんなふうに言われると、恥ずかしくて……もっと濡れちゃいますっ、ん、はぁっ……♥」

カナリアはエロく乱れながら、さらに愛液をあふれさせた。

「あっ、ご主人様のお顔に、んっ……」

「いいぞ、このまま、んむっ」

「ひゃうっ♥」

俺はカナリアの身体を引き寄せ、そのまま顔面騎乗させてしまう。

女の子の匂いをさせたぬれぬれおまんこが、俺の顔をふさいだ。

「あぁっ♥　ん、はぁ、あうっ……」

そのとろとろな秘裂に舌を這わせ、愛撫を始める。

「あぁっ♥　クロート様、ん、ふぅっ……」

ぺろぺろと舐めると、カナリアが色っぽい声をあげて感じていく。

「あふっ、ん、はぁっ……あぁっ♥」

俺はそんな彼女の割れ目を舐めあげ、舌を忍び込ませていく。

「んひぃっ♥　あっ、あぁっ、クロート様の舌が、んっ、私の中に、あっあっ♥　ん、はぁっ、あうっ、ん、あぁっ……！」

「それじゃわたしは、このガチガチなおちんちんを、んっ……もらうわね」

「んむっ……」

「ひゃんっ♥」

カナリアへの愛撫を行っていると、肉棒がいきなり、熱いおまんこに飲み込まれていった。

「あぁっ♥　ん、はぁっ……♥　おちんぽ、入ってきてるっ……♥」

視界は塞がっていて見えないが、肉棒がうねる膣襞に咥えこまれ、刺激されていく。

「んはっ♥　あっ、ん、ふぅっ……」

そしてそのまま、シュティーアが腰を動かし始める。

「あぁっ、あっ、ん、くぅっ……」

俺はその気持ちよさを感じながら、カナリアへの愛撫を繰り返す。

「んはぁっ♥　あっ、んぁっ……私のおまんこ、んっ、あぁっ♥　クロートさまに、ペロペロされて、ん、はぁっ……♥」

俺の顔に跨《また》がったカナリアが、かわいらしい声を出した。

「んぁ、あぁっ、んくっ……♥」

シュティーアはゆっくりと腰を動かしていく。ずぶりずぶりと、温かな穴を突き込む快感。

肉厚さを感じさせるその膣襞が、肉棒をしっかりとしごき上げている。

その素敵なうごめきを味わいながら、俺はカナリアの秘部へと舌を這わせていく。

「んぁっ、あ、あぁっ……♥」

舌の愛撫に合わせて、カナリアが俺の上で喘ぐ。美しいとも思えるおまんこは、最高に興奮する。

下半身では今、こんな綺麗で淫らな穴に俺のチンコが入っているのだと、視覚的にも楽しめた。

「んぁ、ふぅっ、ん、あああっ♥」

「おっきなおちんぽ、あっ♥　こすれて、ん、ふぅっ……♥」

彼女たちふたりが一緒に、俺の上で喘ぎ、乱れている。

その贅沢なシチュエーションも、俺をさらに興奮させていった。

「あぁっ♥　ん、はぁっ、んうっ……」

「あうっ、中が、ん、あぁっ、あんっ♥」

ふたりの甘い嬌声を聞きながら、舌を動かしていく。

「あぁっ♥ ん、あっ、そこ、んくぅっ♥」

俺は膣穴から舌を出すと、その上でつんと存在を主張しているクリトリスを舌で刺激し始めた。

「あぁっ♥ 敏感なお豆、そんなに舌で、あっ、ダメですっ♥ ん、はぁっ、そこ、弱いのぉっ♥」

彼女のおまんこがひくひくと震え、愛液をあふれさせていく。

俺はその淫芽をさらに刺激し、カナリアの性感を高めていった。

「んはぁっ♥ あっ、だめ、ダメですっ……♥ そこ、あっ、クリトリス、んぁっ、いじられたらぁっ♥ ん、ああっ……！」

「あぁ……カナリアってばすっごく気持ちよさそうで、えっろい顔になっちゃってる♥ そんな気持ちよさそうにされたら、わたしも、ん、あぁっ♥」

「んむっ、ん、んっ……」

「ひうっ♥ あっ、クロート様、ん、はぁっ♥」

カナリアの乱れる姿を見て興奮したシュティーアが、激しく腰を動かしていく。

上下運動に加え、前後のグラインドも交えて肉棒をもみくちゃにしてきた。

「ああっ♥ すごい、んぁっ、クロートのおちんぽに、わたしの中、んぁっ♥ いっぱいかき回されて、んぅっ！」

蜜壺が縦横無尽に肉棒を擦りあげてくる。その刺激に、俺もまた射精欲が増してしまう。

「んひぃっ♥ あっ、あぁっ……クロートさまぁっ……♥ あっあっ♥ 私、私もうっ、んぁっ、あ

あっ……♥」

愛液が濃くなり、カナリアが短く喘ぎながら高まっていくのを舌先でも感じる。

「あふっ、ん、はぁっ……わたしも、あっ♥ ん、くぅっ！」

「う、うぁ……」

シュティーアも触発されたように、激しく腰を振って感じているようだ。

「あ、ん、ああっ♥ もう、イクッ……！ イっちゃいます♥ クロート様に、クリ……ぺろぺろされて、あっ、んはぁっ……♥」

「あぁ、わたしも、あっ、おちんぽに、いっぱい突かれて、んっ、あっ、あぁっ♥ イクッ、ん、はぁっ……！」

美女ふたりが、俺の上で最高潮に乱れていく。充満する濃い雌のフェロモンを間近に受け、おまんこで激しく肉棒を絞り上げられ……俺ももう限界だった。

「あぁっ♥ イクッ♥ もう、あぁっ、クロート様、あっあっ♥ ん、すごいのぉっ♥ 気持ちよくて、あっ、んはぁっ……」

「あっあっあっ♥ おちんぽ、おちんぽ奥まで来てるっ♥ わたしの深いところ、おまんこズブズブ突かれてイっちゃう♥」

ふたりの嬌声が重なり、そのおまんこがきゅっと締まる。

「ああっ！ あっ♥ もう、いくっ、んはぁっ、あっ、イクッ！」

「おまんこイクッ！ すごいのきちゃうっ♥ あんあんっ♥ あっ、んっ……」

そしてふたりの声が重なる。

「「イックウウゥゥウゥッ！」」

どびゅっ、びゅくくっ、びゅるるるるうっ！

そんな彼女たちの絶頂に合わせ、俺も射精した。

「んはぁぁぁぁっ♥　あっ、あああっ……」

「んひぃっ♥　あっ、濃いの、精液っ♥　いっぱい、奥まできてるぅっ……♥」

「う、あぁ……」

絶頂するおまんこが吸いついて、精液をしっかりと搾り取っていく。

俺は肉襞のうねりに任せて、シュティーアの中、いちばん奥へと精液を注ぎ込んでいった。

「あぁ……♥　ん、すごいですっ……あうっ……」

カナリアが俺の顔から、おまんこをあげていく。

「クロート様のお顔……はしたないお汁でびちゃびちゃに……私、こんなに感じて、あぁ……♥」

愛液まみれの俺を見て、カナリアがうっとりとした声を出した。

「あぁ……んっ、ふぅっ……♥」

そしてシュティーアも腰を上げ、肉棒をおまんこから引き抜いていく。

「あふっ、わたしの中、クロートの精液でいっぱいになっちゃった♥」

俺もふたりを相手にして体力を使い果たし、そのまま仰向けで寝転がる。美女ふたりに囲まれるハーレム生活の幸せを感じながら、射精後の倦怠感に身を任せていたのだった。

第三章　獣人少女との出会い

これまではまったくなかった魔法が生活に浸透してきたことで、村の暮らしの快適さは急激に改善していった。

俺自身も、様々なアイテム制作が自由に行えるのは楽しかった。

これまではずっと、同じ作業の繰り返しだったからな……。

そんなわけで、最近は新たなアイテム制作の材料を探すため、森へ入ることも増えていた。

冒険者だった訳ではないので、攻撃系の魔法が得意というわけではない。それでも一応魔法の基礎として学んではいるし、護身くらいにはなる。

ギルドで毎日魔法を使い続けていたことで、自分では思っていなかったほど、魔力量は上がっている。結果的には、魔法使いとしての実力が、かなり伸びていたみたいだしな。

カナリアの傷を治したときにわかったが、エンチャントの技術を応用すると、付与される魔法効果そのものを改良することができる。

毎日の決まりきった作業の中で、威力や精度などを細かく調整できる魔法を、使えるようになっていたのも大きい。単純作業だったからこその、技術だろう。

性能を上げれば当然のように消費魔力も増えるが、俺の魔力量自体が大きく伸びているので、さほど問題にはなっていない。

そうして作り出すアイテムの助けもあって、俺の攻撃魔法の実力も、そこそこになったということだ。難易度の高いダンジョンに入るのは無謀かもしれないが、初級冒険者がクエストを行う森くらいの場所なら、問題なく行動できるのだった。

飛び出してくる低級モンスターをさばきつつ、素材集めを順調に行っていく。

エンチャントで空間を拡張し、容量を増やしたバックパックに、採取したアイテムを入れていく。

そこでふと、森の奥に人の気配があることに気付いた。

気をつけながら様子をうかがってみると……そこには誰かが倒れていたのだった。

「大丈夫か？」

俺は声をかけながら、近づいてみる。

倒れていたのはどうやら、女の子のようだ。

見たところ大きな怪我はなく、モンスターにやられた様子ではない。

そして不思議なことに、こんな場所にいたにしては、荷物をほとんど持っていなかった。

これは襲われたとかではなく、たまたま遭難してしまって、行き倒れたとかだろう。

そう思って落ち着いて身体を確認してみると、彼女が獣人であることがわかった。

獣人というのは、ケモミミと尻尾がある種族だ。

それ以外は人間に近く、言葉も通じるため、エルフなどと同じで基本的には人族として扱われる。

珍しい見た目だということもあって、一部からは人気があるほどだ。

人間と比べると魔法への適性はやや低めなものの、獣としての察知能力や身体能力などに優れており、戦士系の職に向いている。

ともあれ、行き倒れているのを放置するのも寝覚めが悪い。採取作業を切り上げ、彼女を連れて村に戻ることにしたのだった。


家に着いた俺は、まずは彼女をベッドに寝かせ、カナリアとともに見守ることにした。

「ひとまずは、少し水分を摂ってくれたので、落ち着いたようですね」

半ば無意識状態で水を飲んだ少女は、そのまま眠っている。

なんとか、命に別状はないようだ。

そんなふうにして見守っていると、やがて彼女が目を覚ました。

「う……あ、こ、ここは……？」

「ここは俺たちの家だ。森の中で倒れていたから、連れてきたんだよ」

「あ……う……？」

彼女はまだ、状況が把握できていないようだった。

空腹そうでもあるし、エネルギーが脳に足りていないのかもしれない。

「スープを用意したので、持ってきますね」

そう言って台所に向かったカナリアが、すぐにスープを持って戻ってくる。

獣人の少女がどういう状態かはわかっていないが、もし何日も固形物を食べていないなら、いきなりがっつりとした食事は難しいだろう。

スープなら満腹感はないかもしれないが、ひとまず栄養を摂取することはできる。

「う……」

少女のおなかが、ぐぅと鳴る。

やはり森では、食事はできていなかったようだ。

しかし、いきなり知らない場所に寝かされていたということもあり、まだ警戒しているようだった。彼女がどこから来たのかはわからないが、こういった親切が普通ではない地域も多いし、そんな反応も理解はできる。

何かをさせるために助けた、助けたのだから役に立て……なんてことも、それなりにある話だとも聞く。もっと悪い状況なら、元のカナリアのような、奴隷としてだ。

とはいえ、俺たちには彼女に何かを要求するつもりはない。

「ほんとうに偶然見つけただけだから、別に何もしないよ。落ち着いて動けるようになったら、自由に帰っていいんだ」

「……ありがとう」

俺がそう言うと、彼女は小さく頷いた。

そして、やはり空腹には耐えられなかったのか、スープに手をつけるのだった。

落ち着いた彼女は、事情を話してくれた。

彼女はサバーカという名前で、見たとおりの獣人族だ。

悪い予想も当たり、サバーカはどうやら、奴隷の確保を目的とした獣人狩りに遭ってしまったらしい。この世界の奴隷は、そこまで待遇は悪くないのだが、獣人族は別だ。どうやらよくない組織があって、人間の奴隷とはだいぶ違う扱いを受けることもあるという噂だった。

サバーカもそんな連中に捕まり、強制的に奴隷にされるところだったのだが、なんとか輸送中の馬車から逃げ出した……ということだった。だから森の中なのに、何も持っていなかったのだろう。

しかし飛び降りた場所がどこかわからず、彷徨《さまよ》っているうちに行き倒れた、ということだった。

「そういうことならむしろ、しばらくゆっくりしていくといい。この村は派手な何かがあるわけじゃないが、その分、奴隷商人などとは無縁だしな」

彼女を襲ったような違法な奴隷商が、顧客のいないここに来ることはないだろう。

「……ん、よろしく」

サバーカは少し顔を赤くしながら、そう言った。

そしてひとしきり話すと安心したのか、緊張も解け、また眠りに落ちていったのだった。

●

再び目覚め、食事をし、サバーカはずいぶんと落ち着いたようだった。

「ありがとう」

そう言った彼女は、ずいぶんと柔らかな表情になっていた。

その愛らしい尻尾も軽く揺れている。

「ほんとうに、お世話になってもいいの？」

「ああ。俺たちもちょっと前にここに来たばかりだし、似たようなものだからな」

「私も、少し前までは奴隷商のところにいたのですよ」

カナリアはそう話すと、サバーカを優しくなでた。

「んっ……」

ちょっとくすぐったそうにしながら、なでられているサバーカ。

「それにしても、この村はずいぶんと魔法が発展してるんだ……」

水道回りを見ながら、サバーカが言った。

「ああ、水回りは手を入れないと、いろいろ面倒だったからな」

「クロート様のおかげで、その辺は楽ですよね」

「えっ……あれほどの魔法具を個人で？」

サバーカは驚いたように俺を見た。

「クロートって、すごい人？　あたしの知ってる魔法とは、レベルが違うんだけど……」

「そうですね。クロート様は、高位の術師でもどうにもできなかった私の傷を治してくださいましたし、すごい魔法使いさんですよ」

「いや、何年も必死に働いているうちに、魔力が増えただけだよ」

ブラックなギルド勤めによって、毎日すごいペースで魔法剣をさばいていたからな。

結果として、それで鍛えられたのだろう。

あの日々をよかったとは思わないし、戻りたいとも思わないが。

「じゃあヒトってみんな、こんなに魔法を使えるの？」

一般的に、獣人族は魔法が苦手だとされている。

「いえ、私だって魔法は使えませんよ。クロート様がすごいだけです！」

「そうなんだ……！　すごいね、クロート！」

嬉々としたカナリアの言葉に、サバーカが感嘆の声をあげている。

彼女はけっこう、素直なタイプみたいだ。

「クロート！　あたしに魔法を教えて……」

「え？　魔法を？」

突然の願いに、俺は驚いて聞き返してしまう。

というのも、俺はギルド内でもずっと下っ端だったわけで。

新しい職人が入ってきても、基本的には相手ばかりがすぐに出世していた。だから、ごく初歩の基礎を除いて、誰かに技術を教えるというようなことは、これまでに経験がないのだった。

「うん。あたしは今のままだと、生きていくのに必要な力もないし……。逃げ回るだけじゃなくて、返り討ちにできるような力がほしいの」

「返り討ち……か。まあ、そこまで物騒な話でなくても、教えるのは構わない。身を守る力は、あったほうがいいだろう。ここに住むついでに、魔法を教えよう」

「本当⁉　ありがとう、クロート！」

そう言いながら、彼女はこちらに飛びついてきたのだった。

ストレートな表現に驚きつつも、そんなサバーカを受け止める。

小柄だし、ケモミミもあって犬っぽいサバーカだが、抱きしめると思った以上に女の子だ。

身体は細いものの、その膨らみは大きく、柔らかい。

それにしても、俺に弟子か……。

でもなんだか、悪くない響きだ。

ギルドを辞め、一線から身を引いたような状況だし、そういうのもいいだろう。

俺は彼女に教えるためにも、あらためて自分の魔法技術を整理しようと思うのだった。

●

そうして弟子としてサバーカを引き取ることになったのだが、そんな彼女が突然、夜に俺の部屋を訪れた。

「クロート、夜のお世話に来た……」

「夜のお世話……？」

「弟子は、師匠のお世話をするものと聞いた」

「誰からだよ……」

あるいは、彼女が暮らしていた地域での文化なのかもしれないが。

「どっちにせよ、ここではそういうのは気にしなくていいぞ」

俺の面倒はカナリアが喜んで見てくれているし、これといって困っていることはない。

「でも家事とかは、カナリアが全部やるから、手伝わなくていいって言われた」

「ああ、そうなのか……」

「だけど、夜のお世話ならクロートも喜ぶって！」

「いや……えーと」

俺はサバーカを見つめる。やはり、カナリアだったか……。

背は低いものの、顔立ちも整っており、とても魅力的な美少女だ。

頭の上で、イヌミミが小さく動いているのも可愛らしい。

しかし、彼女が子供ではないということも、その大きく膨らんだ胸が物語っていた。

「だから、夜のお世話に来たの！」

元気よく言うサバーカは、女性としても充分に魅力的だ。

思わず、このまま襲ってしまいたくなる。

が、師匠だからといって無理にそういうことをしなくても……と思いながら見たところ、彼女の尻尾が大きく振られていた。

どうやらこれ以上は、遠慮しようとするのも野暮なようだ。

彼女自身が乗り気だというのなら、俺としても大歓迎、というところだった。

「それじゃ、ベッドにいくか」

「うんっ」

尻尾を振りながら、サバーカがうなずいた。

彼女はベッドに着くなり、身体を乗り出して俺に覆い被さってきた。

「それじゃさっそくしてくね……ん、しょっ……」

そうして、自ら服を脱いでいく。

上半身をすべて脱ぐと、たゆんっと揺れながら大きなおっぱいが現れる。

背が低めで細いため、おっぱいはより強調されているようだった。

「ん……じっと見られると、恥ずかしい……」

そう言って手で隠してしまうのだが、細い腕に押さえられてむにゅんっと形を変えてあふれる乳肉は、とてもエロかった。

「ほら、クロートも脱ごう……」

そう言って、彼女が俺の服に手をかけてきた。俺は抵抗せずに、それを受け入れる。

「わっ……これが、おちんちん……？」

「ああ、そうだぞ」

彼女はまじまじと、俺のペニスを凝視した。

その無邪気にも見える姿が、背徳感と興奮をかき立てていく。

「つんつん……」

次ぎに彼女は、指先で軽く亀頭をつついてくる。

こんなに無邪気な様子なのに、していることはチンポへの愛撫なのだというギャップ。

そんな妖しい姿に、股間に血が集まってしまう。

「わっ、おちんちん……膨らんできた……これ、気持ちいいとか……えっちな気分になってるってことだよね？」

「ああ、そういうことだ」

うなずくと、彼女は勃起竿を優しくにぎった。

「すごい……さっきはふにゃふにゃだったのに、こんなに硬くなってる……男の人のおちんちんって不思議だね……」

そう言いながら、彼女はくにくにと肉棒をいじっていた。

「ん、しょっ……ここをおててやおまんこで擦ると、気持ちよくなるんだよね……しーこしーこ、にぎにぎっ」

「うっ……」

彼女の小さな手が肉竿を刺激してくる。

「自分の身体にはないものだから、不思議な感じ……。こんなに大きくて、硬くなって……握りやすいね。しーこしーこ」

サバーカは不思議そうに肉棒をしごいてくる。決して上手いというわけではないのだが、小さくしなやかな手による愛撫は、それだけで気持ちよかった。

「あぁ。こうしておちんちんしごいていると、あたしもそわそわしてきちゃうな……♥　ん、しょっ、しーこ、しーこ……」

もぞもぞと身体を動かすサバーカも、なかなかにえっちだ。

尻尾も大きく揺れており、彼女が楽しんでいるのがわかる。

「んっ……それで、これが大きくなったら舐めるといいって聞いた」

「サバーカ、それは……うっ」

「れろっ♥」

彼女はいきなり舌を伸ばし、先端を躊躇わずに舐めてくる。

「ん、れろっ……ぺろっ」

サバーカの舌が、大胆に肉竿に触れる。

「れろろっ……ちろっ、ぺろっ……なんか、不思議な感じ……れろぺろっ……あっ、おちんちん、ぴくって跳ねた♥」

獣人だからか彼女の舌は少しざらついており、それが刺激となって肉竿を気持ちよくしてくる。

「れろっ……れろろっ……ぺろっ……♥」

「あぁ……」

刺激が強めの舌舐めに、俺の意識も流されていった。

「ぺろっ……ちろっ、れろろろっ……ん、ふぅっ……こうして、れろぉ……♥　舐め舐めするのが、れろっ……いいんだよね」

サバーカは舌先で肉棒を舐めながら続ける。

「んむっ……れろっ、ちろっ……なんだか楽しくなってきちゃう……♥　ん、ぺろろっ、ちろっ、れろぉ♥」

「サバーカ……」

「クロートも、れろっ、ちゃんと喜んでくれてるんだね♥　ぺろっ、ちろっ……」

彼女は器用に舌を使いながら、こちらを上目遣いに見てくる。

相変わらずの無邪気な顔で、チンポを舐めながら見上げてくるのは、破壊力もすごかった。

「れろっ。ちろっ……」

その上、ざらついた舌による刺激も新鮮だ。

「ぺろろろっ……ん、ここが……いいんだ？　れろっ、ちろっ……」

「うぉ……」

そして俺の反応を見ながら、すぐに弱いところを学んでいくのだった。

「れろおっ、ちろっ……ん、こうやって見ながらすれば、ぺろっ……ちろっ……だんだんわかってくるね。れろぉっ♥」

「サバーカは、学習速度が速いな……」

「そうかな。れろっ、ちろろっ……喜んでもらえているなら嬉しい……♥　ぺろっ、ちろろっ……」

彼女は肉竿を舐めていき、どんどんと俺を高めていった。

「れろろっ……ちろっ、ぺろっ……んっつ……先っぽから、れろっ……なんか出てきた……これが先走り汁なんだね……ん、ちゅっ♥」

「う、ああ……」

彼女は鈴口を舐め、我慢汁を舐めとっていく。

そして亀頭に唇を寄せると、軽くキスをしてくるのだった。

「あたしのナメナメで、気持ちよくなってくれてるんだね……♥　ん、れろっ、ちろっ……それじゃ舌だけじゃなくて、お口も使って……あむっ♥」

「おぉ……」

彼女はぱくりと亀頭を咥えこんだ。

「あむっ、じゅぷっ……ん、ふぅっ……おちんちん大きくて、れろっ……ちゅぷっ……真ん中くらいまでしか、んぁ、咥えられない……」

そう言いながら、小さく頭を動かすサバーカ。

形の良い唇で咥え、男のチンポを頬張っている姿はとても扇情的だ。

「あむっ、じゅぽっ……」

彼女は頭を動かし、すぼめた唇で肉棒をしごいてくる。

「んむっ、ちゅぶっ……♥　大きい……♥　ん、あぁ……ふぅっ、ん、じゅぷっ……んぁ、んっ、じゅぽっ……」

前後運動で肉竿を刺激してくるサバーカの奉仕に、射精欲が膨らんできた。

「ん、あうっ、根元のほうは手も使うって……ん、言ってた。ちゅぱっ、しこしこっ……じゅるっ……ちゅぶっ、ん、れろぉ♥」

「おぉ……もう、そこまでできるのか」

ざらついた舌で先端を刺激しながら、唇と手で幹をしごいてくるサバーカ。

その熟練の技のような気持ちよさに、限界が近づいてくる。

「サバーカ、そろそろ出そうだ……」

「んっ♥　そうなの？　精液……出るんだよね♥　じゃあ、れろっ、ちゅばっ……そのまま、あたしのお口に出して……いいよ♥　ちゅぶぶっ♥　ん、ほら、出してぇ♥」

「ああ……気持ちいいぞ、サバーカ」

サバーカはさらに手の動きを速め、頭を激しく動かしていった。

「しこしこしこしこっ♥　じゅぶぶっ、ちゅばっ……れろろっ♥　あたしのご奉仕で、もっと気持ちよくなって、じゅぶっ、ちゅぱっ、ちゅばっ♥」

彼女はそのまま俺を追い込んできた。お尻もふるふると震えていて、俺を求めてくれている。

「くっ、もう、うっ……」

「んっ……じゅるるっ……ちゅぶっ、れろろろっ、ちゅぽぽっ♥　じゅるるっ、じゅぶじゅぶっ、ちゅ、じゅるるるうっ！」

「あ、それ……くぅ……出る……！」

「んんっ!?　んんんっ」

俺はそのまま、彼女の口内に思いきり射精した。

「んむっ、ん、んくぅっ……ちゅぅっ♥」

「うぁ……あぁ……」

サバーカも咥えたままで精液を受け止め、飲み込むだけでなく、さらに吸いついてくる。

「んむ、ちゅっ、ちゅぅううっ♥」

射精中の肉竿を吸われ、大きな快楽に腰が動いてしまう。

「ん、ちゅぅっ……ごっくん♪」

そして精液を飲み干した彼女は、ようやく口を離した。

「あふっ……♥　男の精液って……こんな味なんだ……。濃くてドロドロで、喉にからみつくみたい……♥」

彼女はそう言いながら、発情顔で俺を見た。

「クロート、あたし、ん、なんだか、いっぱいえっちな気分になっちゃってる……♥　おまたのところ、すごく熱くて、あぁ……」

そう言いながら足を開くと、自らの割れ目へと手を伸ばした。

もうすっかりと濡れているそこが、俺にもよく見える。

「あっ……ここ、すごくて……んっ♥」

くちゅっ、と彼女の指が自らの割れ目をなでる。

その姿は淫らで、とてもエロい。獣人特有のフェロモンでも出ているかのようだ。

「ね、クロート……♥」

サバーカがおねだりするように、俺を見つめた。

そんなふうに見られたら……我慢できるはずがなかった。

「きゃっ……♥」

俺は興奮のまま、彼女を四つん這いにさせる。

「あぅっ、この格好、んっ……」

軽く足を開いた状態。そうなれば、大切な場所がはっきりと見えてしまっている。

綺麗な秘穴はまっさらで、経験はまったくなさそうだが……。

無垢な割れ目からは愛液がこぼれ出し、雄のモノを求めているのが、はっきりとわかった。

「あぁ……♥ ん、ふぅっ……」

尻尾までが、彼女の感情を表しているかのようにいやらしくクネっていた。

「あぁ、あたし、んっ……交尾の格好しちゃってる……♥ ん、はぁっ……クロート、ん、あぁっ……あぅっ……」

恥ずかしそうにしつつも期待を隠せないその様子に、俺も興奮してしまう。

一度出してもまだそそり立ったままの剛直を、彼女の入口へと押し当てた。

「あぁっ、んっ、硬いおちんぽが、当たってる……♥」

くちゅっと卑猥な音を立てながら、肉棒が膣口を軽く擦る。

「あっ♥ ん、はぁっ……くるぅ……なかに……きちゃうんだね」

「いくぞ」

「うんっ……ん、はぁっ……」

俺はゆっくりと腰を進めていった。弾力のある処女膜を、メリメリと裂いていく。

「んはぁっ♥　あっ、ん、くぅっ……！」

サバーカは声をあげ、震えながら初めての肉棒を受け入れていった。

ぬぷり、ぬぷりとその内側に剛直が入り込む。

処女穴はやはり狭いが、しかし、しっかりと肉棒を受け入れていった。

「あっ……ん、はぁっ……！」

引き締まった腰を、しっかりと掴んで押し込む。

白いお尻の奥で、うねる膣襞《ちつひだ》が肉棒に吸いついて締めあげていた。

「ん、ふぅっ……！」

熱く濡れた膣襞が、肉棒を包み込んでうごめく。

生まれて初めて異性を受け入れた膣道からの抱擁を、俺はしっかりと味わうのだった。

「あぁっ、ん、ふぅっ……クロート、あぅっ……」

「それじゃ、そろそろ動くぞ」

「んっ……うん」

そう言ってから、俺はゆっくりと腰を動かし始めた。

「あふっ、ん、あぁ……」

動くとすぐに、蠕動する膣襞に肉棒がこすれ、かなり気持ちがよかった。

「あぁっ……♥　ん、ふぅ……」

サバーカは甘い声を出しながら、肉棒を受け入れている。

往復にあわせて膣襞がきゅっと絡みついてきた。その刺激でなのか、しっぽが小さく揺れている。

「んぁ、ふぅっ、んぁ……ひゃうんっ♥」

揺れる尻尾を軽く撫でると、彼女がピクンと反応した。その拍子に膣内がさらに締まる。

「あぅっ、ん、あぁっ……しっぽは、弱いから……あぅっ♥」

「それなら、丁寧に、な」

俺は彼女の尻尾を優しくなで、刺激していく。

「あぁ、ん、はぁっ……しっぽ、んぁっ、あぅっ……」

尻尾をいじられるたびに、快感に身体を震わせた。

「あっ、あぁっ……♥　おなかの中、クロートのおちんぽで気持ちよくて、んぁ、尻尾までいじられたら、あたし、んぅっ……」

サバーカは色っぽい声を漏らしながら、いつの間にかしっかりと感じはじめていた。

「あふっ、ん、はぁっ……あぁっ！」

もふもふの尻尾をいじっていくと、サバーカはさらに反応していく。

「ひうっ、ん、はぁっ♥　あっ、だめっ……♥　ん、ふぅっ……」

俺は腰を動かしながら、その尻尾をさらにいじり回していった。

「あっ♥　や、だめぇっ、両方責められたら、んぁっ♥　あたし、もう、あっ、気持ちよすぎて、んうぅっ……」

これまで以上に、可愛らしい嬌声。俺は尻尾を擦りながら、腰を動かしていく。

「んあぁっ♥　あっあっ♥　もう、んぁっ。イクッ……！　イッちゃうよ！　こんなの、気持ちよくて、んぁっ、あっ、んはぁぁっ♥」

嬌声のトーンが上がり、尻尾も、もっともっととおねだりするように動く。

カナリアよりもざらつく数の子天井なおまんこの上側を突き、尻尾にも刺激を繰り返す。

その二点責めで、さらに彼女を気持ちよくさせていった。

「んはぁっ♥　あっ、だめぇっ……♥　ん、あぁっ……あんあんっ♥　雄のおちんちんで……あっ、イクッ、んぁ、あぁぁぁぁぁっ！」

「うおっ……！」

彼女が急にビクンと、全身を震わせながら絶頂した。

膣襞がぎゅっと締まり、肉棒を締めつけてくる。

「んはぁっ♥　あっ、ん、はぁっ……♥」

その強い締めつけに、俺も危うく精を洩らしそうになったほどだ。

「あうっ、ん、はぁっ♥　すごい、これ、せっくす……んぁっ……すごいぃ……」

絶頂を終えつつも、まだまだ興奮が収まらず、きゅっきゅとアソコで肉棒を締めつけてくる。

俺のほうも、その気持ちよさで限界が近づいた。

「あふっ、おちんぽ、中でまた太くなって、ん、はぁっ……」

「ああ、このままいくぞ」

俺はサバーカのお尻を掴み直すと、今度は腰ふりに集中し、激しくピストンを行い始めた。

「んはぁぁ♥ あっ、あああっ……！ これ、これもすごい、んぁっ、ああっ……イってるおまんこ、んぁ、おちんぽでかき回されて、んうぅっ……」

「くっ、すごい吸いついてくるな……」

野生の本能なのか、おまんこがうねり、子種を搾り取ろうとしてくるのがわかる。

「あぁっ♥ あっ、すごいよぉ、んぁっ、あたしの中っ、ん、はぁっ……いっぱい、いっぱい突かれて、んはぁっ♥」

俺は抽送を繰り返し、熱いおまんこを激しく突いていく。

まだ狭い膣穴をかき分け、内側の襞《ひだ》を擦りあげていった。

「んはぁっ♥ あっ、ん、ふぅっ、んあぁぁっ……♥ あうっ、そんなに、んぁ、ズンズンされたらぁっ……あうっ、また、イっちゃう……♥」

「ぐっ、ほんとにすごい締めつけだ。俺ののほうもまた出そうだ」

「んはぁっ♥ あっ、あぁっ……クロートの精液、あたしの中に、んぁっ、あっ、ふぅっ……いっぱい、出してぇ……せーし……おなかの奥にほしいよぉ……♥」

「ああ、いくぞ」

俺はラストスパートで、激しいピストンを行っていった。

「んはぁっ♥　あっ、ん、はぁっ……♥　ん、あぅっ、んはぁっ！　あっあっ♥　イクッ、ん、はあっ、んくぅっ……♥」

「ぐ、うぅ……！　出るぞ！」

「んはぁっ♥　あっ、もう、あぁっ♥　イクッ！　んぁっ、あっ、んはぁっ♥　イクイクッ！　イックウウゥウゥッ！」

びゅくくっ、びゅるるるるっ！

彼女が再び絶頂したのに合わせて、俺もそのまま射精した。いちばん奥に、ぐりぐりと擦りつけながら吐きだしていく。

「あっ、ん、はぁっ……♥　あたしの中に、ん、あぁっ、熱いの、いっぱい出てるっ……♥　これっ、ん、あぁ……♥　あふれちゃう……♥」

絶頂おまんこに中出しを受けて、サバーカが甘い声をあげた。

最後にまたきゅっと締まり、肉棒を締めあげてくる。

俺はそれに応えてしっかりと精液を注ぎ込んでから、肉棒を引き抜いた。

「あっ、んぁ……♥」

サバーカは小さく声を漏らしながら、ベッドへと倒れ込む。

「すごい……んっ、おなかの中に精液がいっぱい♥　カナリアとも、こんなこと……してたんだ♥」

うっとりと言うサバーカを、俺は優しくなでた。

「んっ……うん♥　うれしい……♥」

彼女は気持ちよさそうに目を細める。

俺はそんな愛らしいサバーカを、しばらくなでていたのだった。

●

弟子入りしてきたサバーカは、予想以上の速度で知識を吸収し、ぐんぐんと成長していた。

ひたむきに、本気で取り組んでいるから、成長も早いのだろう。

魔力量自体はやはりすぐには伸びず、まだ低い部類に入るのだが、それを補うための知識をつけて実践を行うことで、すぐに初級冒険者くらいの実力になっていた。

普通ならば、数年かかる養成学校を出て冒険者になるということもあるので、サバーカの成長速度には驚きだ。

魔力量の不足を補えるよう、俺のエンチャント武器を応用した形での魔法だから……というのもないではない。だが、それにしたってここまで本気で取り組むこと自体が、普通は難しいだろう。

それだけモチベーション高く学んでもらっているとなると、俺のほうも熱が入る。

元々、惜しむような知識もないしな。むしろ彼女に教えるにあたって、俺もいろんなことを思い出せるし、準備段階で試してみたいことも増えていて、楽しかった。

「教えているのを見て改めて思ったけど、クロートってすごい魔法使いなのね」

サバーカとの訓練を見ていたシュティーアが、驚いたように言った。

獣人と暮らすと言ったときには少し驚いていたが、彼女もすでのサバーカを受け入れてくれている。この村の懐《ふところ》の深さには、やっぱり感謝しないとな。

「そう言ってもらえるのは、けっこう嬉しいな」

ギルドでは何度新人に教えても、下っ端のままだったしな。

まあでも実際のところ、ギルドを離れて基礎工程以外のことをし始めてから、魔法使いとしてのレベルが劇的に上がった気がする。

俺がやってきたことは、随分と応用が利くことにも気づいたしな。

「すごいっていうか……ちょっと普通じゃないぐらいの魔法だと、わたしでさえ思うんだけどね。この前も行商人さんが村を見て、こんなの王宮以上だ……って驚いてたし。まあ、クロートがそれでいいならいいけど」

「俺なんか、普通だよ。たいしたことはしてないさ」

職人としての自負はあるけど、冒険者になりたいとか出世したいとか、そういう意識はないしな。

それに、サバーカに教えるにあたっても、俺自身がまだまだ、さらに成長できている気がする。

ギルドを辞めさせられてからのほうが、魔法使いとして開花しているのは皮肉なものだな。

「サバーカも頑張って、どんどん成長してるね」

「ああ、あれはすごいと思う」

シュティーアが、広場で魔法の練習をしているサバーカに目を向けながら言った。

「毎日、ずっと練習してるもんね」

「そうだな。熱中してると、成長は早いよな」

なにかに熱中する、というのが一番難しいのだ。

そんなことを思いながら、俺もサバーカを眺める。

村からは少し離れているので、サバーカも結構派手に魔法を使っていた。

と、村のほうから人が来て、こちらに声をかけてくる。

「クロート、悪いんだけど、かまどの調子が悪いみたいで……ちょっと見てくれない？」

「ああ、いいよ。すぐ行くよ」

俺はサバーカに声をかけると、村の人に続いて、そちらへと戻っていくことにした。

「クロートが来てくれたおかげで、料理も楽になって助かるよ」

「かまど周りも、魔法なしだと大変だしな。役に立てて嬉しいよ」

村に来てから、魔法使いが俺だけということもあって、みんないろいろと頼ってくれる。

ギルドのときとは大違いの対応に、俺も頑張ろうと思えるのだった。

そうして村に戻ると、あちこちがざわついていた。

何事かと思ってそのざわつきの元へと向かうと、ならず者のような男が居たのだった。

「どうしたんだ？」

近づいていくと、村人のひとりが、俺を見て安心したような顔になった。

「ああ、なんでもギルドの傭兵が人探しに来ているみたいで……」

「ギルドの……傭兵？」

もちろんギルドなんて、山ほどある。

しかしその「傭兵」という響きに、あまりよくないイメージが浮かんでしまうのだった。

普通はどんなギルドでも、傭兵なんて雇っていない。

それが冒険者ギルドなら、多くの手練れが所属しているのだからなおさらだ。

となると……いやいや、まさかな。俺がいたのは、冒険者ギルドではなく武器制作を中心に行っていたギルドではあるが、領地をまたいたこんなところまで、関係者が来ているはずもない。

そう思いながら目を向けると、男もこっちを見ていた。

「逃げ出した奴隷を探しているのだが、知らないか？」

そう言いながら、値踏みするようにこちらを見る。

その視線につられる形で、俺も相手を見た。

筋肉が大きく主張している、大柄な男。装備は手入れの荒い、重めのもの。

純粋な戦士タイプだ。実力的には、中級冒険者くらいだろうか。

年齢相応の場数を踏んで、地道にやっていそうな印象だった。

奴隷を探している、ということもからも、荒事に慣れていそうではある。元はダンジョン探索などの冒険者だったのだろうな。それが転職して、ギルドの用心棒に……といったところだろう。

「そのバッジは……」

しかし俺の目は、男の胸にあるバッチが、かつて所属していたギルドの文様だとも気付いてしまっていた。

「ああ、俺はここに所属している。今回もその仕事だ」

「……俺の記憶が確かなら、そこは武器を作るギルドだったはずだが……。奴隷などいたかな？」

俺がギルドを離れてから、もう数ヶ月ほど経っている。

しかし、ギルド自体が大きく変わるには、急すぎる気もした。

「うん？　うちと取引でもあったのか？　俺は最近入ったから、昔の顧客は知らないんだ。悪いな」

「いや、それはいいんだが、なんで武器作成のギルドが、奴隷を探してるんだ？」

尋ねると、そいつはうなずいて言った。

「雑用でもやらせているんだろうさ。俺は指示があれば出向いて、逃げた奴隷を拾ってくるだけだから、詳しいことは知らない。だが、武器制作を行っているギルドだっていうのは、その通りだ」

「そうか……」

たしかに、人手は足りていなかった。奴隷を使うことも、ないとは言えないが……やはり普通ではないな。ただ働かせるのでは、コストが合わない。奴隷とは、金持ちの道楽なのだ。

とはいえ奴隷商をするかといえば、それはもっと違う。通常は国から許可を得ている正式な業者のみが行う商売だ。おいそれと、ギルドが参入できる業種じゃない。

まさか、俺がいなくなった後で、違法な奴隷調達にでも手を出しているのだろうか……。

自分が関わっている訳ではないとはいえ、よくない気分だ。

「その奴隷というのは、どんなやつだ？　なにか特徴はないか？　村人にも確認するが」

おれはもう一つ浮かんだいやな予感をはらそうと、そう訊いてみる。

「……いやいや、それには及ばない。まあ、ここには居ないみたいだしな。おれはもう行くよ」

途端に男は話を切り上げて、村をいそいそと去っていった。

この男も、どこまで事情を分かっているのやら。だが、やはり後ろめたさもあるようだな。

少なくとも、こんなに堂々と奴隷捜しを語るようでは、その認識も怪しいものだ。

どう考えても、おかしいな。ギルドが、そんなことになっているとは……。

一度、確認にでも行ったほうがいいかもしれないな……。

今更、俺の言葉を聞くとも思わないが、ギルドが奴隷に手を出すのは明らかにおかしい。

工房ギルドとしての本分を外れている。

俺は今のギルドについて、もう少し情報を仕入れてみようと決めたのだった。

●

そんなわけで、今のギルドについて調べてみることにしてから、数日が過ぎていた。

もう関わりはないが、気にはなる。なんとか昔のツテを使って、噂を集めてみた。

どうやら、武器制作のほうが前ほど上手くいかなくなっていて、その補填のためにいろいろとほかの商売に手を出しているらしい。

奴隷関係は噂の域を出ないが、だいぶ経営が追い詰められてから、密かに手を出したようだ。

ギルドが行っているのは、おそらくは違法な奴隷狩りだと思う。

販売ルートさえ有れば、まっとうな事業より儲けを出すことはできるのだろう。表だってはいないが、だいぶのめり込んでいるらしい。

「ギルド長のハポーザは、どうしてしまったんだろうな……」

旧知の知り合いから集めた資料を見て、俺は呟く。

ハポーザは俺がギルドに入った頃、まだギルド長などではなく、先輩のひとりだった。

その頃の彼は、ちょっとぬけたところがあり、ミスなどはあったものの気が良くて、上からかわいがられるようなタイプだったのだ。

当時のギルドは今よりもずっと小さく、まだまだ拡大しているところだった。

それが、成長にあわせて人の出入りも多くなっていき、いつの間にか古株になったハポーザはどんどん出世していった。そうなってくると、下っ端のままだった俺との接点はなくなっていくので、その後のハポーザがどうして性格まで陰湿に変わったのか、詳しいところは知らない。

やがて、当時のギルド長が死亡する。そんときに幹部が何人か独立したことで、残ったハポーザが新しいギルド長になったのだ。

その後のギルドは、レプリカ装備でひと山当てて、安定していったのだが……。

どうやら俺が去ってしばらくしたあたりから、様子がおかしかったようだ。

他の事業にも手を出し始め、それがさらにバランスを崩し……という形で、ついには違法な奴隷狩りにまで手を出したようだった。

「どうしようもないのだろうか……」

古巣のギルドが、犯罪にまで手を出さなければいけないほど、傾いてしまったのは悲しい。

俺の中では、まだ少しは恩義が残っているようだな。

しかしそれ以上に、奴隷狩りなんてことは、やめさせないといけない。

そしてこれは俺の直感だが、サバーカが襲われた獣人狩りこそが、ギルドなのではないかとも思えるのだ。あの傭兵の男の態度も、どこかおかしかった。

送られてきた情報によると、最近のハポーザは不在が多く、どこかに遠出しているという。

だが近々、街に戻る予定らしい。そのタイミングで一度、彼に話をしに行ってみよう。

今更、俺の話を聞くとも思えないが……。

それでも昔なじみとしては、ハポーザを止めないといけない。

心ではそう決めたものの、やはり俺の気は重かった。

と、そんな俺の元に、シュティーアが訪れたのだった。

「クロート、大丈夫？」

「うん？　何がだ？」

尋ねると、彼女は心配そうに言った。

「なんだか最近、ずっと悩んでいるようだったから」

「ああ……」

シュティーアは、ここ数日の俺を見て、心配してくれていたようだ。

「ちょっと、昔の知り合いがらみでね。でも、もう情報も集まったし、大丈夫だ」

あとはもう、直接、話をするしかない。

「そうなんだ」

俺の決意も伝わったようで、彼女もうなずいてくれた。

「それじゃ、ここ最近悩んで疲れたクロートを、癒やしてあげる♪」

そう言って、俺の側に来たのだった。


そして、なぜか俺は膝枕をされていた。

「よしよし……」

彼女はそのまま、優しく頭をなでてくる。なんだかくすぐったいような心地よさだ。

「異性と触れあうと、本能的に癒やされるみたいよ。どう？」

「まあ、そうかな……」

シュティーアに膝枕されているのは、不思議な安心感がある。

しかし、だ……。こうして見上げると、やはり大きいな……。

仰向けで膝枕されていると、シュティーアの爆乳がどどんっと目の前にせり出している。

この状態だと、彼女の顔が見えないほどだ。

柔らかそうなおっぱいが、迫力を持ってアピールしているかのようだった。

そんなおっぱいを見上げていると……やはりムラムラとしてしまう。

俺は膝枕をされながら、そのおっぱいを見上げる。

彼女が少し動くたびに、おっぱいが心地よく揺れるのだ。

「もう、クロートってば……」

そんな視線に気付いてか、シュティーアがどこか楽しそうに言った。

「安らぐどころか、興奮しちゃったの？」

その声は弾んでおり、彼女はいたずらっぽい声色で続けた。

「股間のところ、ちょっと膨らんできてるわよ♪」

そう言った彼女が、俺の頭を軽く持ち上げる。太ももから優しく下ろし、ベッドへと置く。

「ほら♪」

「おうっ……」

そしてそのまま俺の顔をまたぐようにしながら、股間へと手を伸ばしてきた。

彼女の手が、ズボン越しに膨らみかけの肉竿をにぎる。６９のような位置だ。

「あっ♥　握ったらどんどん硬くなってくる♥」

「シュティーア……」

彼女は大胆にも、俺の顔をまたいでいるわけで……。

そのまま、スカートの中が見えてしまっていた。小さな布に包まれて、彼女の大切な場所がある。

愛撫しながら見るのも、もちろん素晴らしいのだが……。

こうして、まだ濡れてもいない健全な状態のスカートの中を覗くように目にすると……なんだか普段とは違ったエロさがある。そんなことを考えているうちにも、シュティーアは俺のズボンを脱がし、肉竿を取り出していった。

「あぁ♥　もうこんなにして……♪」

彼女は嬉しそうに言うと、そのまま直接肉竿をいじり始めた。

「元気になっちゃったおちんちんも、よしよし……♪」

「うぁ……」

癒やしから、完全にエロモードになったようだ。彼女は亀頭をなで回してくる。

その刺激に、思わず声が漏れてしまった。

「なでなでー、こしこしっ」

「あぁ……先っぽは」

敏感な先端をなで回されると、肉棒が跳ねてしまう。

「あんっ♥　おちんちん、ピクピクしちゃってる♪」

されっぱなしというのも悔しいので、俺はそのまま、目の前で無防備に見えている彼女の割れ目へと手を伸ばした。

「んっ……♥　あ、もう、クロートってば……」

陰裂をパンツ越しになで上げると、彼女は甘い声をあげた。

「っていうか、この格好、ちょっと恥ずかしいわね」

そう言って、彼女は俺の顔からどこうとしたので、そのままお尻をつかんで逃げられなくした。

「あっ、ちょっと……」

掴まって逃げられないとなると、余計に恥ずかしそうにした。

「ほら、もっとこっちに」

「あんっ♥」

力は俺のほうが強い……というか、彼女も本気で抵抗するわけではないので、パンツに守られたおまんこは、さらに俺の近くへと来た。

「あぅ……もう、しこしこっ♪」

「うぉ……」

お返しとばかりに、彼女はますます肉棒をしごいてきた。

直接的な刺激に、また声が出てしまう。

「しこしこ、しゅっしゅっ……」

恥ずかしさをごまかすような手コキをされつつ、彼女の下着をずらしておまんこをいじっていく。

「もう濡れてきたな」

彼女のそこからは、とろっ……と愛液があふれ始めている。

「あうっ、だってこんな格好で、いじられたら……♥」

恥ずかしそうに言うシュティーアは、いつもよりかわいらしい。

俺はそのまま、彼女の割れ目をいじっていく。

「あぁっ、ん、ふぅっ……わたしだって、んっ……おちんちん、しこしこっ」

肉竿をしごきながらも、シュティーアが気持ちよさそうにお尻を揺らした。

俺はさらにおまんこを引き寄せると、舌をそこへと伸ばしていく。

「あんっ♥　あっ、ん、ふぅっ……おまんこ、ぺろぺろするの、だめぇっ……♥　それ、恥ずかしくて、あぁ……♥」

シュティーアも、気持ちよさそうな声を出した。

舌を這わせていくと、恥ずかしさもあってか、どんどんと愛液があふれてきている。

「あぁっ……♥　わたしの、んっ、おまんこ、いっぱい見られて、ぺろぺろされちゃってる……♥　んっ、はぁ……♥」

シュティーアは気持ちよさそうに言いながら、反撃に出るようだ。

「私だって、ぺろっ……れろっ、ちろろろっ……」

「おぉ……今日は大胆だな」

彼女はそのまま、俺のチンポを舐めてきた。視界はおまんこで塞がっているが、それでも舌が肉棒を舐めているのは、しっかりと伝わってきている。

「あむっ、ちゅぷっ……れろっ……」

彼女の舌が、全体を丁寧に舐めていく。

「れろっ……ちゅっ、ん、ふぅっ……ぺろっ♥」

シュティーアの柔らかな舌奉仕を感じながら、こちらも舌を動かしていく。

「あっ、んっ……ふぅっ……れろっ、あんっ♥」

陰裂を舐めあげ、その入り口をくすぐるように軽く広げる。

「あふっ、ん、あぁっ……わたしも、れろっ♥　ちろっ……」

対抗するように、鈴口を舐めてくるシュティーア。

俺はそんな彼女のクリトリスへと舌を伸ばした。

「あぁっ♥　ん、あふっ、そこ、だめぇっ……♥」

シュティーアは気持ちよさそうに身体を震わせた。

俺はそのままさらに、彼女の敏感な淫芽を責めていく。

「あぁっっ♥　ん、はぁっ、だめぇっ……あっあっ♥　そこ、クリトリス、そんなにされたら、すぐイっちゃう、ん、はぁっ……」

彼女は嬌声をあげ、素直に感じていく。

すっかりと快楽に流され、フェラのほうがおろそかになっているが……。

そんな彼女もかわいらしいので、俺としてはかまない。

「あっ、ん、あうっ、もう、あぁっ……イかされちゃうっ……♥　ん、はぁっ、あっ、あぁっ……んあぁぁぁっ♥」

びくんと身体を震わせながら、シュティーアがイったようだ。

「あうっ、ん、はぁ……」

俺は一度クリトリスへの愛撫をやめて、快楽でひくつくそのおまんこを眺めた。

ピンク色にうごめく美しい内側。愛液をあふれさせる、淫らな女の部分だ。

そのフェロモンに当てられて、俺の肉棒も張り詰めていた。

「あ、あぁ……♥　もう、んっ……いっぱい気持ちよくされて、目の前にはこんなにガチガチのおちんちんがあって……我慢、できなくなっちゃう♥」

そう言った彼女は、一度俺の顔からどくと、身体の向きを入れ替える。

「クロートの顔、わたしのえっちなお汁で汚れちゃってる……」

そう言いながら、彼女はタオルで俺の顔を拭った。そしてそのまま今度は同じ向きになって身体をあわせると、肉棒をつかみ、それを自らの膣口へと導いていった。

「次はわたしのここで、いっぱい気持ちよくさせるんだから……ん、はぁ……」

そのまま腰を下ろし、そのおまんこに肉棒を迎え入れていく。

「んぁっ、ふぅっ、あぁ……♥」

仰向けの俺の上に、彼女がそのまま、うつ伏せで重なる形だ。

身体が密着し、爆乳が俺に押しつけられる。

「ん、はぁっ……♥」

そのたまらない柔らかさを感じていると、シュティーアが腰を動かし始める。

「ん、はぁっ、あぁ……んっ……」

俺の上でゆっくりと、感じ入りながら腰を動かしていく。

「あぁっ♥　ん、はぁっ、ふぅっ……」

膣襞《ちつひだ》が肉棒を擦りあげ、気持ちよさを伝えてきた。

「あぁっ、ん、ふぅっ……んんっ♥」

俺はそんな彼女を、思わずぎゅっと抱きしめた。

「クロート、ん、ふぅっ……」

身体がより密着し、その爆乳が柔らかく形を変えていく。

「どうせなら、ん、しょ……」

彼女は俺を抱えるようにして、顔をそのおっぱいへと埋めさせる。

「んむっ……」

「あんっ♥ ん、ふぅっ、わたしのおまんこを感じながら、おっぱいに甘えてね♪ ふぅっ……♥」

俺は魅惑のおっぱいに顔を埋めながら、膣襞の気持ちよさを味わっていった。

「ふぅっ、ん、はぁっ……」

シュティーアも快感を求めて、そのまま腰を振っていく。

「あっ、ん、はぁっ……♥ ん、あぁっ……」

密着したままずりずりと、膣襞が肉棒を擦りあげる。

「あぁっ……ん、ふぅっ、あっ、あぁっ……！」

ゆったりした往復とともに、膣道がきゅっと締まって気持ちがいい。

「あぁっ……ん、はぁっ、ふぅっ、ん、あぁっ……！」

腰を動かしながら、彼女が色っぽく声を漏らしていく。

「あぁ……おちんぽ♥ すごくいい……ん、ふぅっ♥ わたしの中、ん、あぁっ……いっぱい押し広げて、んぁっ♥」

エロい声を出しながら、腰振りをするシュティーア。

俺は村一番のおっぱいを堪能しながら、膣襞の気持ちよさも存分に受ける。

「あぁっ♥　ん、はあっ、あふっ、ん、くぅっ……クロート。あっ、ん、ふぅっ……」

彼女のほうも、気持ちよさで声が大きくなっていった。

「あぁっ、ん、はぁっ……ふぅっ、ん、あぁっ♥」

セックスの快感に反応しながら、腰を振っていく彼女。

「あんっ♥　あっ、あうっ……気持ちよくて、わたしまたっ、ん、はぁっ、あぁっ……♥」

だんだんと激しくなっていく腰ふりがたまらない。

「あぁっ♥　ん、はぁっ、ふぅっ、んぁっ♥」

そしてそれにあわせ、喘ぎ声も切羽詰まったものになっていく。

俺はそんなシュティーアのお尻へと手を回し、軽くなで回した。

「ん、ふぅっ、あっ♥　んぁっ……」

丸みを帯びたお尻をつかむと、ぐっと自分のほうへと引き寄せる。

「んはぁっ♥　あっ、クロート、んっ……」

そうすることで深くまで肉棒が届き、彼女がたまらず声を漏らす。

俺はそのまま気にせず、腰を突き上げていった。

「あぁっ♥　ん、はぁっ、ん、ああっ……んくぅっ……！」

奥まで突き込まれて、シュティーアは淫らな声を漏らしていく。

「あふっ、ん、はぁっ、それ、あっ、あぁっ……」

膣襞が蠢動しながら、ますます絡みついてきていた。

「あぁっ……ん、はぁっ……あうっ、ん、くぅっ……♥」

俺は大きなおっぱいに顔を埋めながら、奥深いおまんこを突き上げていく。

「あぁっ♥　クロート、んあ、あぁ……そんなに、んっ、激しくされたら、わたし、ん、あぁっ、あふっ、んくぅっ……！」

豊満なシュティーアは、どこもかしこも柔らかく気持ちいい。何度も何度も、腰を動かす。

そうすると、蠕動する膣襞が肉棒を締めあげ、快感を膨らませてくれていった。

「あっ、ん、はぁっ……ふぅっ、くぅっ……♥　あうっ、あっつ、もう、イクッ……あっあっ♥　ん、はぁっ！」

「ぐっ、俺もそろそろ……」

「きてぇっ♥　そのまま、ん、わたしの中に、あ、ん、ふぅっ……♥　クロートの気持ちよくなった証、出してぇっ♥」

彼女はその身体をぎゅっと押しつけてくる。

俺は心地良い温かさと柔らかさを感じながら、至福のままに腰を突き上げていった。

「あっあっ、♥　んはぁっ……！　あぁっ、イクッ、もうっ、んぁっ♥　あっ、イクイクッ！　んはぁぁぁぁっ！」

「うっ、あぁ……」

絶頂とともに膣内がぎゅっと締まり、肉棒を圧迫する。

精を絞りとられる気持ちよさを感じながら、俺は彼女の奥へと肉棒を突き込んでいく。

「んはぁっ♥　あっ、あぁあっ……イってるおまんこ、突き上げられて、あっ、ん、はぁっ♥　あっ、んぁっ♥」

「ぐっ、出る……！」

びゅくんっ、びゅるるるるっ！

「んはぁぁっ♥　あっ、あぁっ……熱いの、出てるっ……♥」

俺は彼女の膣内で、盛大に射精した。

「あふっ、あぁっ、熱いの、びゅくびゅく出てるっ……♥」

中出しを受け止めながら、シュティーアも小さく腰を震わせている。

膣襞が肉竿をますます刺激し、しっかりと精液を吸い出していく。

「あぁ……♥　ん、はぁ……」

気持ちよさそうに顔を蕩《とろ》けさせながら、身体の力を抜いていくシュティーア。

「あふっ……ん、あぁ……」

そしてなんとか腰を上げると、俺を見下ろした。

「クロート……ちゅっ♥」

小さくキスをすると、そのまま隣に転がってくる。

俺はそんな彼女を抱きしめ、しばらくは一緒に横たわっていたのだった。

第四章　決別

一度だけギルドに顔を出し、ハポーザと話をしよう。

いろいろ考えた結果、やはり俺はそう思った。

俺の話なんて、あいつが聞くとも思えないが……黙ってはいられない。

ハポーザが、ギルドを大きくしようとしていたのは知っている。

そのために多少の無茶もしたし、まあ結果的にはブラックなギルドになっていった訳だが……。

それはハポーザだけでなく、そのブラックさを取り締まる法がない国にも問題がある部分だ。

働かされたうえで放逐までされた身としては、それで素直に納得することはできないが……ハポーザは法律の範囲内で、ギルド員ではなく、ギルドという組織のためにできることをしていた、ともいえる。

ブラックなのがいやならば、辞めるのは別に自由なわけだし。

俺だって、辛くてもずっとギルドにいたのは、拾ってもらった恩があったからだ。

ある意味、自分の意思で決めたこと。

しかし、奴隷狩りは違う。

それはただの違法行為だし、人を傷つける行いだ。

今のハポーザのやり方は、度を超えている。

ギルドを発展させようという意志があればこそ、それが間違いだということもわかるはずだ。

一時的に金儲けすることはできても、ばれたら一気に傾いてしまう。

デメリットについてしっかり話せば、ハポーザも考え直してくれるかもしれない。

俺はその話を、三人にもしたのだった。

「相手も承知の上かもしれないし、危険じゃないの？」

シュティーアが首をかしげる。

「クロートがいた頃と違って、今は違法なことをしているギルドなんでしょ？」

「まあ、そうだけどな……」

傭兵まで使っていたぐらいだ。それなりに荒事である自覚は当然あるのだろう。

ハポーザ以外の知り合いなんて、もうほとんど残っていないのかもしれない。

俺がいた頃ですら、拡大していくにつれて、人の出入りも激しくなっていたからな。

シュティーアのような心配は理解できる。だが俺自身は、身の危険は感じていなかった。

奴隷狩りに来ていた傭兵らしき男を見ても、今の俺にとっては、危険な相手ではないと思うのだ。

村に引っ越してきてからは、いろいろ魔法について見直した結果、俺自身も成長している。

ギルド生活で培った基礎技術と豊富な魔力量と、村での工夫で得た自分なりの魔法技術。

森での採取活動でも確信したが、それらの成長によって、俺の戦闘力は生産系の魔法使いだったとは思えないくらいに上がっているようだった。

たとえ相手が手練れの冒険者であっても、自作のエンチャント装備やオリジナル魔法で、たいていのことには後出しでも充分に対応できる自信がある。

「まあ、そのへんは大丈夫だと思うよ」

いくら違法なことをしているといったって、それを止めに来ただけの俺を、すぐにどうこうしようとするほどではないだろう。

俺に無意味に危害を加えても、むしろバレるきっかけになってしまうしな。

むしろまったく相手にもされず追い返されるだけ……というのが、いちばんありそうな気がする。

ハポーザへの仲間意識が俺の一方的なものであることは、クビになった経緯からも明らかだ。

だから、俺はそこまで意気込んでいたわけではないのだが――。

「私も一緒に行きます！」

突然カナリアが言いだし、シュティーアとサバーカもその意見に続いたのだった。


そして結局、街へは四人で行くことになった。

シュティーアはともかく、元々奴隷として苦労していたカナリアと、捕まったことさえあるサバーカは、ギルドに良い印象はまったくないだろうに……。それほど、俺を心配してくれているということらしい。それが分かれば、もう断れなかった。

そんなわけで、みんなで魔導車に乗って移動することにした。

さらに改良を加えたので、車内も広くなっている。

「……こんなのまで作れるの、すごい……クロートってやっぱり……すごいヒト？」

サバーカは初めて乗る魔導車に、かなり驚いているようだった。

俺たちは魔導車に乗って、森を抜けていく。

時折、行商人の馬車とすれ違うことがあり、だいたいの場合は奇異の目を向けられる。

彼らもまた、サバーカのように魔導車が珍しいのだ。

幅広い知識を持つ商人であっても、魔導車について知っている者はごくわずかだろう。

作るのがかなり難しい上、操縦にも癖があり、動力として魔力が必要となれば、一般への普及はできない。限られた魔法使いだけの贅沢品だ。

売りに出されることはほぼないから、商人であっても知らなくても無理ないだろう。

「こうしてみると、やはりそれなりに、村と街との往来はあるんだな」

森の中を走りながら言うと、シュティーアがうなずいた。

「村にも、旅人自体はまあまあ来てくれるからね。知ってのとおりで、誰も泊まったり長居はしてくれないけど」

「そうだな……ん？　あ、あれは……」

俺は正面から向かってくる馬車を見つけ、スピードを緩める。

向こうもこちらに気付いたのか、同じく減速したようだ。

しかしそのこと以上に、俺は相手の馬車に気になることがある。

その馬車が掲げていたのは、かつて所属していたギルドの紋章なのだった……。

「クロート、久しぶりだな」

俺たちは互いの馬車を街道の脇に止め、森の中で向かい合った。

再会したハポーザは最後に会ったときとは違い、幾分、穏やかな雰囲気だった。

しかしそれは、昔の面影に戻った……というのとは違う感じだ。

まあ、あのころのハポーザとは、立場もまったく違うしな。

「雇っている者から話を聞いてな。特徴を聞くにクロートかもしれないと思って、会いに来たところだったんだ」

おそらくは、あの傭兵のことだろうけど……しかし。

「わざわざ、俺に会いに？」

「ああ、もちろんだ」

ずっと下っ端であり……最後には相談なく休んだからというだけで、クビになったような扱いの俺だ。それを今更、わざわざギルド長であるハポーザが会いに来るなんて……。

様子を窺《うかが》うと、確かに最後に会ったときに比べれば、ずいぶんと雰囲気が柔らかくはあるが……。

どちらかというと、俺の心配ではなく秘密保持の確認にでも来たのではないかとさえ思える。

「あのときは少し頭に血が上っていたからな。あらためてクロートと話がしたいと思っていたんだ。悪かったな」

そう言うと、ハポーザは困ったような表情を浮かべて続けた。

「クロートも、いきなりクビになって困っただろう？　俺も充分に……その……反省してる。だから、戻ってこないか？」

ハポーザはそう言うと、こちらをしっかりと見た。

ギルドへ戻る……。

考えるまでもなく、俺には今のほうが性《しょう》に合っている。

俺はカナリアたちのほうを見た。彼女たちとの生活は、ギルドにいた頃よりもずっと幸せだ。

だから、俺はすぐに首を横に振った。

「いや、俺は今の暮らしが気に入ってるし、戻るつもりはないよ」

そう答えると、ハポーザはわずかに眉を上げた。

「もちろん、条件も変える。クロートがあっさりと解雇を受け入れてギルドを離れたのは、待遇がいつまで経っても同じだったからだろう？」

ハポーザは振り返り、後ろに控えていたギルド員に書類を出させる。

それを指さしながら言った。

「クロートは、長年ギルドを支えてくれた技術者だからな。相応の待遇にするつもりだ」

掲示されているのは、確かに悪くない額だった。

金銭面だけでいえば、今よりいい生活ができるだろう。

とはいえ、だ。今の俺には、それよりも大切なものがあった。

「これだけあれば、四人でも充分に暮らせると思うが……」

そう言ったハポーザが、ふと、サバーカに目をとめた。

サバーカの耳がぴんと動き、ハポーザは目を細くする。

しかし、ハポーザはわざとらしくサバーカから目をそらした。

それを俺が見ているのを、しっかりわかったような様子の上で、だ。

「どうだ？」

含みを持たせながら、ハポーザが再び問いかける。それでも、俺の答えは変わらない。

「いや、戻る気はないよ」

「ふん……そうか」

俺が誘いを断ると、ハポーザの態度が豹変する。

「ずいぶんと偉くなったもんだな」

「それはお互い様って気もするけどな。偉くなるどころか、犯罪にまで手を染めて……荒くれ者を雇って奴隷集めか？」

俺が尋ねると、ハポーザはうなずいた。

「ギルドのためだ。自分さえ暮らせればいいお前には、わからないだろうがな」

「犯罪がギルドのためになるとは思えないけどな」

「何もせずにいれば、ギルドは傾く一方だ。だいたい、それは仕事を投げ出していなくなったお前のせいでもあるんだぞ！」

「投げ出した……？　俺はクビになっただけだ」

「長々と休んだことへの罰を与えただけで、俺に謝りにくるでもなく、姿を消したから――」

「うん？」

どういうことかと俺が首をかしげると、ハポーザが続けた。

「そもそも、お前がいなくなってから……武器の質がどんどん落ちていって、ギルドの評判が陰り始めたんだ」

ハポーザは苦い顔で続けた。

「お前さえ戻ってあの剣を作ってくれれば問題なかったんだ。あれ以来、だれも同じ物が作れないなんて。あんなレプリカごときが本物以上の評判になるなんて……なんてこった。もう作れませんでは、ギルドの面目はどうなる！　しかもお前は家まで引き払ってしまい、さっさと街を出ていく始末だ……」

「あのままじゃ、街ではギルドの妨害で仕事がなかったからな」

「だから、それなら頭を下げに来ればよかっただろうに！」

ハポーザはそんなふうに、勝手なことを言うのだった。

実際はどうなんだろうな……。確かに村に移り住む前に、頭さえ下げれば許すつもりだということが伝わっていたなら、違ったかもしれない。

案外、俺はあっさりと頭ぐらいなら下げて、またブラックな日々に戻っていた気がする。

そう考えると、察していなくてよかったという感じだが。

「何にせよ、俺はもう戻る気はない。それよりも、不法な奴隷集めなんてすぐに手を引け」

労働環境の悪さについてはグレーでも見逃されるかもしれないが、獣人狩りは明確な罪だ。

今はもう関係ないとはいえ、かつての仲間が犯罪に手を染めているなんて……。

「これほどの犯罪はギルドのことを考えれば、むしろマイナスだろ。こんなので赤字を補塡したって、結局は長続きしないぞ」

そう説得しても、俺が戻らないと聞いてからのハポーザは、態度を軟化させることはなかった。

「部外者であるお前に、どうこう言われる筋合いはない」

そしてハポーザは、後ろのギルド員に合図を送る。

「戻ってこない上に邪魔をするというなら、痛い目を見てもらおうか」

俺は変わり果ててしまったハポーザに、ため息をつくのだった。

奴隷狩りのこともあって、荒くれ者とも契約を結んでいるギルドだ。

用心棒的なものなのだろう。いかつい装備の数名が、前に出たのだった。

「クロート！」

俺以外で唯一、戦闘の心得があるサバーカが前に出る。

すでに様々な魔法を練習しているサバーカだが、得意なのはやはり身体強化であり、二本の双剣との組み合わせで素早さ重視の戦闘を行える。

見たところ、この程度の相手ならば、俺が助力しなくても問題なく倒せるだろう。

もちろんそれは、彼女の師匠である俺も同じことだった。

どちらかひとりで圧倒して見せてもいいが……。

せっかくだし、分担するか。サバーカの実戦での力も見ておきたい。

俺はサバーカにアイコンタクトを送る。

彼女は小さくうなずいた。

「やってしまえ」

ハポーザの声で、傭兵が動き出す。

俺とサバーカはそれぞれに動き、傭兵を倒していく。

重装備でもある連中はきっと、魔法さえ使わせなければいいと油断していたのだろう。

しかし、特製のエンチャントで強化された装備を持つことで、傭兵と俺たちには圧倒的な差があった。予想どおり、サバーカも見事な動きだ。獣人の敏捷性には、改めて驚かされる。

優秀な装備があるとはいえ、荒くれ者を相手にしてもまったく後れをとっていない。

すぐに傭兵を気絶させ、彼女はハポーザに剣を向けた。

「うっ……」

ハポーザは後ずさる。強すぎるサバーカに恐怖を覚えたのだろう。

思いがけない遭遇だったが、どうするのが正解なのだろうか……。そう考えた末に。

「奴隷狩りはやめるんだ。ギルドをなんとしないといけないとしても……それはちゃんと、ルールの範囲内でやるべきだ」

俺はそれだけを告げて、ハポーザを見逃すことにした。

今でこそこうなってしまったハポーザだが……それでも、かつては先輩として一緒に働いていたこともある。あまり簡単に割り切れるものではなかった。

まあ、経営が傾き、違法行為にまで手を染めたサポーザが、今さら奴隷狩りをやめたからといって、ギルドを立て直すことができるのか……というのはあるが。

それでも、可能性はゼロじゃない。過去への甘えかもしれなかったが、俺はそうしたのだった。

●

街に向かう意味もなくなり、村に戻ると、夜を迎える。

俺はぼんやりと、ギルドのことを考えていた。

用心棒もろとも打ちのめしたので、ハポーザもしばらくは、奴隷狩りはやめるだろう。

あるいはサバーカの戦闘力を見て、獣人への恐れでも抱いてくれればいいのだが。

彼女の強さはもはや獣人の中でも特別だが、抑止力にはなるだろう。

しかし、ギルド自体の改善については、代替案があるわけではない。

元々、ハポーザだって意味もなく奴隷狩りなんていう違法な行為を始めたわけではないのだ。

それは、傾いたギルドを金銭的に立て直すための、苦肉の策だったはず……。

今後のギルドについて考えると、あまりいい気分はしない。

ブラック時代が長く、そちらのイメージが染みついてはいるが、それでも長年自分がいた職場だ。

確かに条件は劣悪だったものの……行き場のなかった自分を拾ってくれたところでもあるし、職人仕事への愛着だってあった。どれほどキツくても、みんな必死に頑張っていた。

それがたまたま、経営者にとって都合がよかっただけだとしても……。

仕事に思い入れがあるからこそ、俺はギルドに居続けていたのだ。

しかし、おだやかな暮らしを知ってしまった今では、あそこに戻ろうとは思えない。

あのときの自分の選択は、少なくとも自分にとっては正しかったと思っているが、それでも割り切れない気持ちはあるのだった。

そんなことを考えていると、部屋にカナリアとサバーカがやってきた。

「クロート様、いろいろありましたが、今日もお疲れ様でした。ご奉仕に参りましたよ♪」

彼女たちはそう言って、俺のそばに来る。

女の子のいい匂いと、温かな体温が両側から俺を包んだ。

「……あたしは、クロートが奴隷狩りを止めようとしてくれて、よかったと思う。ありがとう」

サバーカがそう言いながら、ぎゅっと抱きついてくる。

「ああ……そうだな」

彼女たちがふたりで来たのは、目に見えて落ち込んだ俺を慰める意味もあるのだろう。

ふたりとも一時は、奴隷として辛い思いをした立場だ。

そのうえで、今日俺がした決断を肯定してくれている。

「今日は私たちが、いっぱい癒やしてさしあげます」

「たくさん、気持ちよくなってね……」

そう言って、彼女たちが身を寄せてくるのだった。

俺はその好意に甘え、身を任せることにする。

「まずは、んっ、こちらで……」

「あたしも」

そう言って、ふたりが胸元を大胆にはだけさせていった。

たゆんっ、ぽよんっと揺れながら、ふたりのおっぱいが現れる。

丸く大きなおっぱいに、思わず目が奪われる。

柔らかそうにゆれる巨乳。

しかもふたり分となれば、いやがおうにも期待が高まってしまう。

「さ、クロート様……」

カナリアがそのおっぱいを揺らしながら、俺のズボンへと手をかけてきた。

「あたしも、んっ……」

同じくサバーカもカナリアに続き、ズボンを下ろしていった。

サバーカにとって、カナリアはエッチなことの先生のようだな。

そんなふたりによって、俺の下半身はすぐに脱がされてしまう。

「私たちのおっぱいで、気持ちよくなってくださいね♪」

そう言いながら、カナリアは強調するように乳房を持ち上げた。

「おお……」

むにゅっと形を変えながらアピールされるおっぱい。

これまでにも何度も癒やされたその巨乳に、思わず吸い寄せられてしまう。

「あたしも、んっ……どう？」

「ああ、いいな」

サバーカも同じように、おっぱいを持ち上げてアピールしてきた。

やや小柄な分、余計に強調される大きなおっぱい。

美少女ふたりにおっぱいを見せつけられて、俺の興奮は増していく。

「ん、それでは、このおっぱいで、むにゅー♪」

「あたしも、むぎゅー♪」

「おお……」

ふたりが左右から、俺の肉竿に、そのおっぱいを押しつけてくる。

もにゅんっと柔らかな双丘に、肉棒も飲み込まれていく。

温かく柔らかなおっぱいが全体を覆い尽くした。

「ん、しょっ……」

「えいっ……」

ふたりの巨乳が、むにゅっと押しつけられる。

その気持ちよさに、肉棒もムクムクと膨らんできてしまう。

「あっ、おちんぽ、胸の中で大きく……」

「んっ……それに硬くなって、おっぱいを押し返してきてる……」

「ああ……」

ふたりのおっぱいに包まれて、俺は大きな安心感を得ていた。

「ん、しょっ……どうですか、クロート様」

「むぎゅー。おっぱいを押しつけて、んっ……」

彼女たちが左右から胸を押しつけて、肉棒を圧迫してくる。

柔らかな膨らみに包みこまれるのは、とても気持ちがいい。

「硬いのが押し返してきますね♪」

「こっちも、もっとむぎゅー♪」

乳圧を感じながら、目を向ける。

竿が見えなくなるほど、大きなおっぱいが俺のモノを包んでいる姿は、とても刺激的だ。

「んしょっ……」

「えいえいっ、んー♪」

「うぉ……」

ふたりはそのまま胸を押しつけて、さらにむにゅむにゅと刺激してくる。

おっぱいの気持ちよさと、形を変える乳房のエロい光景。

それが俺を、どんどんと高めていった。

「ん、ふたりだと、おちんちんもすっぽり埋まってしまいますね」

「こうやってずらすと、んっ、むぎゅぎゅっ……」

「これは、おぉ……」

両側から押しつけるだけではなく、高さを変えて刺激してくる。

そうされると、肉棒全体が圧迫されるのも気持ちいいが、おっぱい同士も重なったりして形を変えるので、見た目もすごくエロい。

「ん、しょっ……」

「あっ、サバーカ、んっ……」

サバーカが胸を揺らすと、カナリアが反応する。

お互い同士もこすれるらしく、カナリアが甘い声を漏らした。

「ん？　こうするとカナリアもいいの？」

「あんっ、あっ、もうっ……♥」

そも声を聞いたサバーカが、同じように胸を動かしていく。

カナリアはその刺激に声を漏らしていった。

「あっ、私も、えいっ」

「んっ……♥」

お返しとばかりにカナリアが動くと、今度はサバーカの口から声が漏れた。

美女がお互いに刺激し合っているというのも、エロくていいな。

そんなことを思う俺だったが、その最中にも、ふたりのパイズリを受けているわけで。

「うっ……」

俺のほうも、もちろん気持ちよくなってしまうのだった。

「ん、しょっ、んっ……」

「えいっ、んっ……」

美女ふたりの大きなおっぱいで刺激されるのは、とてもいい。

「えいっ、ん、ふぅっ……」

「あっ、ん、はぁっ……んぅっ」

彼女たちが左右から胸を寄せ、心地よく刺激してくれる。

「ん、しょっ……硬いおちんぽ♥　ん、私たちの胸を押し返して……♥」

「ん、すごく熱くなってる……♥　ん、しょっ……」

「う、あぁ……ふたりとも……」

大きなおっぱいにむにゅむにゅむぎゅっと刺激されて、どんどんと快感が高まってくる。

「ん、しょっ、ふたりで胸を動かして……」

「硬いおちんちん、ん、ふぅっ……」

ふたりのパイズリで際限なく高められてしまった。

「ん、ふっ、えいっ……」

「あっ、ん、こっちもこすれて、んっ……」

ふたりのおっぱいが、むにゅむにゅと刺激してくる。

「ん、しょっ、あっ、ふぅっ、んっ、先っぽ、膨らんできてますね……」

「んっ……あたしたちの胸で、いっぱい出して……♥」

「ああ……！」

ふたりはさらに激しく胸を動かしていった。

乳肉に贅沢に刺激される気持ちよさと、ふたりのおっぱいがむにゅむにゅと動くエロい光景。

「あぁっ♥　ん、そこ、あふっ、んぁっ……」

「ん、ふぅっ……♥　あっ、ん、はぁっ……！」

そしてパイズリしながら感じている、美女ふたりのなまめかしい声。

それを聞きながら、俺は限界を迎える。

「ん、しょっ、えいっ、えいっ♪」

「いっぱい、出して、んぁっ♥」

「う、出る……！」

最後にむぎゅっとおっぱいで圧迫されながら、俺は射精した。

「きゃっ……すごい……♥」

「勢いよく、出てる……」

「ああ……」

ふたりの谷間の頂《いただき》きから、白濁液があふれてくる。

「どろどろで、濃い精液ですね……♥」

「すんすん……雄の匂い……好き♥」

彼女たちは俺の精液に汚されながら、うっとりと言った。

「あぁ、こんなに逞《たくま》しい射精を見せられたら……」

「ん、こっちも欲しくなる……」

そう言いながら、彼女たちは期待に満ちた目で俺を見た。

「ああ、そうだな」

そんなエロい姿でおねだりされたら、こちらも一度じゃ出したりない。

「それじゃ……そうだな」

俺は身をおこしながら、ふたりに言う。

「下着を脱いで、カナリアの上に、サバーカが覆い被さってくれ」

俺はそう言って、彼女たちを抱き合わせるような形にする。

「あっ、これ、またおっぱいが……」

「んっ……それに、クロートの精液でまだヌルヌルしてる」

「あっ、そんなにこすったら、んっ……♥」

おっぱいの大きなふたりが抱き合うような体勢で据えると、やはり胸同士がむにゅにゅっと押しつけられるようだ。

それだけでもエロいのだが、覆い被さっているサバーカは、その胸同士をさらにこすりつけるように動かしたのだった。

カナリアが気持ちよさそうに声をあげているのを楽しみながら、俺はそんなふたりの足下側へと回った。

ふたりのおまんこもまた、貝合せのように二つ並んでいる。

パイズリでお互いを刺激しあっていたこともあり、すでにたっぷりとした愛液をあふれさせているエロいおまんこがふたり分、こちらを求めているのだ。

その光景はエロく、とてもそそる。

「クロート様……」

「きて……」

ふたりが綺麗なおまんこを見せながら、そう誘ってくる。

俺はそのまま、エロくおねだりしたふたりへと近づくのだった。

「いくぞ」

そしてまずは、上にいるサバーカのお尻をつかみ、その濡れた膣口に肉竿をあてがった。

「ん、硬いのが、んうぅっ……」

俺はそのまま、腰を進めて挿入した。

「あぁっ……！」

ぬぷり、と肉棒が膣内に埋まっていく。

「あぁっ……ん、ふぅっ……」

膣襞が嬉しそうに肉棒を包み込む。

「あぁっ、んっ……」

身体を重ねることでスムーズに入るようにはなっているが、やはり体格そのものが小さいため、サバーカの膣内は狭い。

そのキツい膣内で、肉襞《にくひだ》が蠕動しながら竿を咥えこんでいるのだ。

「あぁっ……！　ん、はぁっ……太いのが、奥まで、んっ……」

「サバーカってば、とろけた顔してますね♪」

「あうぅっ……だめぇ」

近くで見つめるカナリアに言われ、サバーカが恥ずかしそうに声をあげた。

「んうぅっ、ふぅっ……んぁっ……」

同時に、おまんこがきゅっと反応する。

俺はそんな彼女の尻尾へと手を伸ばし、優しくなでた。

「ひゃうっ♥　あっ、そこは、んっ……」

尻尾も敏感な彼女が、ぴくんと身体を反応させる。

「あんっ……」

サバーカの動きがカナリアにも伝わり、彼女も小さく声をあげた。

「あうっ、尻尾、あぁ……♥」

俺は尻尾を愛撫しながら、腰を動かしていく。

「カナリア、サバーカを支えてくれ」

「はい、わかりました。ぎゅっ♪」

「んんっ……♥」

カナリアがサバーカを押さえてくれることで、俺は両手で尻尾をいじりながら、腰を動かすことができる。

「あぁっ……♥　ん、はぁっ、それっ、あっ、だめぇっ……！」

サバーカはかわいい声をあげていく。

「あっ、んはぁっ……おまんこ突かれながら、あっ♥　尻尾いじられるの、んぅっ、ああっ……だめぇっ……！」

サバーカは淫らに感じ、快感に身もだえていく。

「あんっ、そんなに暴れちゃダメですよ」

そう言いながら、カナリアがサバーカを支える。

「あぁっ♥　ん、はぁっ、あっ、だめ、んぅっ、あぁっ……！」

感じているサバーカのおまんこを、しっかりと擦りあげていった。

「あぁっ……♥　あたし、ん、はぁっ……♥　だめっ、そんなにしたらぁっ……尻尾も、おまんこも気持ちよくて、あぁっ！」

サバーカが快感に身もだえ、おまんこからも愛液をあふれさせていく。

「あっあっ♥　ん、はぁっ……あぁっ……♥」

俺は尻尾を擦りながら、腰を振っていく。

「んはぁっ♥　あっあっあっあっ♥　だめぇっ、あたし、もう、んぁっ、ああっ……イっちゃう、んぁ、ああっ……♥」

「サバーカってば、すっごいエッチな顔になってますね♪」

「あぁっ、だめっ……♥　んぁ、あぁっ……もう、無理ぃっ……♥　イクッ、あっあっ♥　いくっ、んはぁぁあぁぁっ♥」

サバーカが身体を跳ねさせながら絶頂する。

「うっ……」

その瞬間におまんこがむぎゅっと締まり、肉棒を締めつけてきた。

うねる膣襞に包み込まれ、その気持ちよさを感じる。

「あふっ、ん、はぁ……♥」

俺は快楽の余韻に浸るサバーカのおまんこから、肉棒を引き抜いていく。

「ん、ふぅっ……あんっ♥」

そして尻尾を軽くなでると、彼女は敏感に反応した。

やはり尻尾は性感帯らしい。

これなら……。

俺は次に、カナリアの膣口に肉棒をあてがった。

「あっ♥　クロート様の、硬いおちんぽが、あぁ……♥」

そしてそのまま、腰を進めて挿入する。

「んはぁっ♥　あっ、きましたぁっ……♥　硬いおちんぽ、奥まで、んはぁっ……」

そして緩やかに腰を動かしていく。

「あぁっ……♥　ん、ふぅっ、おちんちんが、私の中っ、あっ、んっ……♥」

そのまま往復しながら、サバーカの尻尾を手にする。

「ひうぅっ♥　あっ、クロート、んぁっ……♥」

まだ快楽の余韻に浸っていた獣人娘は、敏感なところを触られ、あられもない声を出した。

「あふっ、ん、尻尾、あっ、んっ……」

「ほら、サバーカの敏感な尻尾を、間に差し込んで……」

「んはぁっ♥　あっ、そこ、んっ……」

俺は彼女の尻尾を、ふたりのぬれぬれおまんこの間へと導いた。

くっぽりと俺のペニスを咥えこんでいるカナリアのおまんこと、その上で愛液をこぼしているサバーカのおまんこ。

そんなふたりの恥丘と、そしてクリトリスに触れるよう、尻尾を誘導したのだ。

「あんっ♥　あっ、サバーカ、尻尾、あんっ」

おまんこ挿入されながら尻尾でクリトリスをいじられ、カナリアがエロい声を漏らす。

「あふっ、んぁ、あっ、あたし、こんなの、んはぁっ♥」

サバーカにしても、尻尾とクリトリス、女の子の敏感なところを刺激され、快楽に甘い声を漏らしてしまう。

「あぁっ、しっぽ、そんなふうにしたらだめぇっ……♥　あたし、んぁ、あっ、あふっ、変な快楽覚えちゃうっ♥」

しっぽをおまんこに圧迫されながら、自分のクリトリスを刺激してしまうサバーカ。

さらに、俺が腰を振ると、それにあわせてカナリアの身体が揺れる。

「んはぁっ♥　あっ、クロート様、ん、はぁっ、あぁっ……！　おまんことクリトリス、同時に攻められて、んはぁっ！」

彼女の身体が、快楽に跳ねていく。

「んひぃっ♥　あっ、カナリア、だめぇっ……！　あたしのしっぽ、そんなにおまんこでこすらないでぇっ……！　んはぁっ、あっ♥」

その動きは尻尾への刺激となり、サバーカをさらに感じさせていく。

「んはぁあーっ♥　あ、サバーカ、そこは、あんっ♥　そんなに、んうぅっ！」

尻尾をうねらせるサバーカによって、カナリアのクリトリスも刺激されていく。

彼女たちは、お互いを快楽で追い込んでいくのだった。

「んはぁっ♥　あっ、だめ、だめぇっ……♥　んはぁっ、尻尾とクリトリスで、あっあっ♥　気持ちよくなっちゃうっ……！」

サバーカは嬌声をあげて身もだえる。

「んひぃっ♥　あ、ああっ……♥　おちんぽ、おちんぽすごいですっ。♥　あっあっ♥　私、もう、ん、はぁっ……」

カナリアも快楽に嬌声をあげ、どんどんと高まっていく。

「ぐっ、あぁ……」

そして俺も、その蠢動おまんこにしっかりと刺激され、射精感が増していった。

「あぁっ……ん、はぁっ、あっ、んあぁっ……♥」

「あんあんっ♥　あっ、ん、はぁっ……」

ふたりの嬌声が響き、くちゅくちゅと卑猥な水音があふれる。

「あぁっ♥　だめぇっ、尻尾、あっあっ♥　そんなに擦られたら、ん、はぁっ、ああっ……動いちゃだめぇっ……♥」

「んはぁっ……！　あっ、あぁぁっ……」

快楽に身を任せながら、激しくピストンを行った。

「あああっ♥　だめ、もう、ああっ……イキますっ……！　クロート様、んぁ、おまんこ、おまんこイっちゃいますっ……♥」

「んうぅっ……♥　そんなに、あっ、突き上げないでぇっ……あっあっ♥　尻尾でイっちゃうからあっ……！」

カナリアが快楽にあわせ身を跳ねさせると、サバーカも嬌声をあげていく。

「んはぁっ、あっ、イクッ！　もう、ああっ、ん、はぁっ……！」

「あっあっ♥　あたしも、んぁ、またイクッ！　ん、はぁっ……」

「う、ああ……こっちもそろそろ出そうだ」

「来てくださいっ、ん、はぁっ……♥　そのまま、私の中に、ん、はぁっ……ふぅっ、ん、ああっ！　んぁっ♥」

「あんっ、んふぅっ、あっあっ♥」

「クロート様、あっ、ああっ……♥　もう、イキます！　ん、はぁっ、あっつ、あぁっ、イクイクッ！　イックウウゥゥウッ！」

「う、あぁっ……」

カナリアが身体を大きく跳ねさせながら絶頂した。

そしてそのおまんこがぎゅっと締まり、肉棒を締めつける。

俺はそのまま、ラストに向けて腰を振った。

「んはぁっ♥　あっ、だめ、いくううぅぅぅっ♥」

そしてカナリアの突き上げによって尻尾とクリトリスを刺激されたサバーカもイク。

「んはぁっ♥　あっ、今は、んはぁっ。ああっ♥　イってるのに、んぁ、中もクリちゃんもいじめちゃだめぇっ……！」

サバーカの絶頂で尻尾がうねり、カナリアが嬌声をあげる。

きゅっきゅと吸いつき、肉棒を絞ってくるカナリアの膣襞。

その絶頂締めつけに、俺も限界を迎えた。

「出すぞ……！」

どびゅびゅっ！　びゅくんっ、びゅるるるるっ！

俺はそのまま、カナリアのおまんこで射精した。

「んはぁぁぁぁあっ♥　あっ、ああっ……♥　熱いの、私の中に、んぁっ♥　びゅくびゅく出てますっ……あぁ……♥」

中出しをされて、さらにカナリアが身もだえた。

「あぁ……熱いザーメンが、ん、はぁっ……♥」

うねる膣襞に絞られながら、俺はしっかりと精液を中に放っていった。

「ん、はぁっ……♥」

満足して、ゆっくりと肉棒を引き抜いていく。

「あふっ……」

「ん、あぁっ……」

ふたりとも余韻に浸り、ぐったりとしているようだった。俺はそんなふたりを眺める。

美少女ふたりが身体を重ね合わせ、とろとろのおまんこを露《あらわ》にしながら、快楽の余韻に浸っている姿……。それはとてもエロく、そそるものだ。

出したばかりでなければ、すぐにでももう一度犯したくなるくらい。

そんな絶景を眺めながら、俺は一息ついたのだった。

いちおうは、ギルドとの片がついてから数日――。

俺は普段にも増して、のんびりと過ごしていた。

誰かが魔道具の不調を伝えてきたらすぐに対応したが、反対に言うと、この数日はそれしかしていなかった。普段ならするような、新しい物の制作や、材料集めなどもしていない。

かといって、何かを作るための設計を考えているというわけでもなく……。

本当に、ただただ、ぼーっとしていた。

なんだろう。あらためて一区切りがついて、気が抜けているのかもしれなかった。

あるいは……かつていたギルドの終わり方に、思うところがあったのかもしれない。

あれ以来、変な噂は聞こえてこない。どうやら説得と脅しは効果を現したようだが、経営はますます苦しくなることだろう。なんとも悲しい話だ。

あの頃はブラックさにくたびれている一方だったが……その辛さそのものは、喉元を過ぎているからな。そうなると、思い出すのはまだ疲れ切ってはいなかった若い時代のことだったり、ちょっとした良い思い出だったりする。

実際のところは、つらい時間のほうがずっと長かったはずなのにな。

そんなことを考えていると、夜、カナリアが俺の部屋を訪れたのだった。

「クロート様」

彼女はいつものように、俺の側に来る。

「夜のご奉仕に参りました」

そう言って、優しく俺の手を握った。柔らかな手が、そっと俺の手を包み込む。

彼女はしばらくの間、そうして俺の隣にいた。

「クロート様……」

カナリアはただ寄り添って、俺の心を癒やしてくれる。

ここ最近、いまさらどうしようもないのに、ギルドについて悩んでいた俺。それを急かすこともせず、ただ側にいてくれた。

ひとりではなく、彼女が隣にいてくれて。

けれど何を言うでもなく、ただ落ち着けるように側にいてくれて。

俺はようやく、少し考えを整理することができたのだった。

結局のところ、あの時点ではもう、俺にはああするしかなかった。

奴隷狩りを知って、見過ごすことはできない。

そんなことを始める前に止められなかった時点で、すべては手遅れだったのだ。

何よりも……カナリア自身も、奴隷として売られていた立場だ。

今の俺が大切にすべきモノがどちらかなんて、わかりきっている。

自分が選ばなかったものを惜しむのは愚行でしかない。

間違っていなかったなら、なおさらだ。俺は息を吐くと、隣のカナリアを見つめる。

それだけで彼女は、俺の迷いが晴れたのを察したようだった。

彼女は身体を動かし、俺のズボンに手をかけてくる。

その間に、俺は彼女の胸をはだけさせ、その魅力的なおっぱいを露にした。

「んっ……♥」

ぷるんっと震えながら現れるおっぱい。俺はさっそく、そこに手を伸ばしていった。

「あんっ♥　んっ……」

たわわな乳房を、両手で揉んでいく。

「クロート様、ん、あぁ……♥」

むにゅむにゅと揉んでいくと、それだけでカナリアは色っぽい声をもらした。

「ずいぶん感じやすくなったな」

「クロート様に触られているだけで、気持ちいいです……♥」

カナリアはそう言って、笑みを浮かべた。

そんな彼女の姿に胸をうたれ、同時に興奮も増してしまう。

「あんっ♥　あっ、んんっ……」

俺はカナリアのおっぱいを両手で揉み、刺激していった。

「ん、私の胸が、あんっ♥　クロート様の手で、いやらしくかたちを変えて……」

「ああ。指の隙間からあふれてくる乳肉とか、すごくエロいな」

「あうっ……♥　ん、はぁっ……」

そう言うと、彼女はさらに感じたようだった。

「あふっ、ん、喜んでいただけるの、嬉しいです……」

彼女はそう言いながら、身体を小さく動かした。

「ん、はぁっ、あぁっ……」

むにゅむにゅとその胸を堪能していく。

「あぁっ♥　ん、はぁっ……ん、クロート様……♥」

すると、その胸の頂点が硬く存在感を増してくる。

「乳首、たってるな」

「はいっ、ん、はぁっ……♥」

俺はその乳首を軽く指でいじっていく。

「あんっ♥　あっ、ん、ふぅっ……」

彼女は敏感に反応し、俺を楽しませてくれた。

「あぁっ♥　ん、はぁっ……乳首、そんなに……いじられたら、私、んっ、ふぅ……あぁっ……♥」

カナリアはかわいい声を出しながら、俺の愛撫を受けている。

「あんっ♥　あっ、ん、はぁっ……」

乳首をつまみ、くりくりといじっていく。

「あふっ、ん、はぁっ……♥　あっ、ん、私も、ん、ふぅっ……」

「おぉ……」

彼女はその手を俺の肉竿へと伸ばしてきた。

そして、幹を擦りながら、先端のあたりを擦ってくる。

「あん、ん、はぁ……んっ♥　こうして、おちんちんをシコシコしながら、ん、あぁっ……カリのでっぱりと裏筋をこすって、んっ♥」

何度も身体を重ね、俺の感じるところをわかっているカナリアが、的確に責めてきている。

「ん、しょっ……♥　ふぅ、んっ……あぁっ……どうですか、クロート様♥　ん、あぁっ、ふぅっ……えいっ♪」

「ああ、さすがだな……」

彼女の責めに気持ちよくなりながら、こちらも愛撫を続けていく。

次には俺も下へと手をずらしていき、お腹をなで、さらに下へ。

「んっ……はぁ、ああっ……♥」

そしてスカートを脱がし、下着をずらしていく。

「あっ、んっ……」

そのまま、彼女の割れ目へと手を伸ばした。

「んぁっ♥　あっ、クロート様……」

「もう濡れてるな」

「はいっ……♥　ん、はぁっ……」

彼女のそこは十分な湿り気を帯びており、いじるとくちゅりと水音がした。

「あぁっ♥　ん、はぁっ……」

割れ目を指でなでながら、軽く押し開いていく。

「あぁっ♥　ん、ふぅっ……」

彼女は声を漏らしながら、肉竿をいじってくる。

「ん、しょ……ふぅっ、ん、あぁっ……」

「カナリア、こんなに濡れてる……」

「はいっ……クロート様に触られて、感じてしまいます……♥」

彼女はそう言って、さらに手を早めてきた。

「ん、ふぅっ……♥　あぁ、んっ……クロート様も、んっ♥　おちんちんの先っぽから、えっちなお汁が出てきました」

「ああ。カナリアの手が気持ちいいし、こうしてカナリアに触れているのも、興奮するからな」

「あぅっ……♥　嬉しいです。んっ♥　私の手で気持ちよくなって、ん、はぁっ……私の身体で、いっぱいエッチな気分になってください……」

そう言って、彼女はさらに積極的に手を動かしてきた。

それに答えるように、俺も彼女のおまんこを愛撫していく。

「あんっ♥　あっ、ん、はぁ……そんなにされたら、私、イってしまいます……♥　ん、ひとりだけ先に、あっ、んはぁっ……！」

彼女の声が大きくなり、切羽詰まったものになっていく。

「クロート様、ん、はぁっ、ね、もう……んっ♥」

彼女は上目遣いに俺を見た。

そんなふうに、おねだりするような目を向けられたら……我慢できなくなってしまう。

俺はベッドに押し倒そうとしたが、反対に彼女のほうがまたがろうとしてきた。

せっかくなので、彼女に任せることにする。

「クロート様……んっ、私のおまんこで、いっぱいご奉仕させていただきます……♥」

「ああ」

彼女は俺にまたがると、滾る肉棒を自らの膣口へと導いていった。

「あっ、んっ……硬くて熱い、クロート様のおちんぽ♥」

そう言って、ゆっくりと腰を下ろしてくる。

「あぁっ！　ん、はぁっ、太いおちんぽ、私の中に、入ってきますっ……♥」

彼女はそう言って、腰を下ろしていった。

「あぁっ♥　ん、ふぅっ……」

そしてそのまま、騎乗位でつながる。

「あぁっ……♥　ん、ふぅっ、さっそく、動きますね」

「ああ……」

「ん、しょっ……はぁ、んっ……♥」

彼女はゆっくりと腰を動かしていく。蠕動する膣襞がしっかりと肉棒を咥えこんで震えていった。

「あっ……♥　ん、はぁっ……ふぅっ、んぁっ……」

グライドさせるように腰を振り、肉棒を刺激してくる。

「あぁっ♥　ん、はぁっ……♥　クロート様、ん、ふぅっ……あぁっ、ん、はぁっ！」

そして我慢せずに声をあげながら、さらに腰を動かしていった。

「あっ、ん、ふぅっ、まだちょっとしか動いてないのに、イってしまいそうです……♥」

「ああ、イっていいぞ。一度で終わりってわけでもないしな」

「んはぁっ♥　あっ、うぅっ……ん、はぁっ、ああっ……それでは、ん、はぁっ、あっ、ん、ふぅっ、ああっ♥」

彼女は腰の速度を上げ、俺の上で乱れていく。

「ああっ！　んはぁっ、あっ、んあはぁっ♥」

カナリアが激しく腰を動かすと、その髪が揺れ、おっぱいが弾む。

それを見上げるのもまた、俺の興奮を誘うのだった。

「んはぁっ♥　あっあっ♥　もう、イキますっ……！　ん、はぁっ、あっ、んぁっ、んはぁぁっ！」

彼女がびくんっと身体を跳ねさせながら、俺の目の前で絶頂する。

「あぁっ……！　ん、あぁっ……！」

膣襞がぎゅっと締まり、彼女の腰が止まった。

「あふっ、ん、あぁっ……」

俺はそんなカナリアの、細い腰をつかむ。そして今度は、こちらから突き上げていくのだった。

「んはぁぁっ♥　あっ、クロート様、そんな、んあ、イったばかりのおまんこ、突き上げられたら、んぁっ、ああっ……！」

「つらいか？」

俺は尋ねると、彼女は激しく首を横に振った。

「んはぁあっ♥　気持ちよすぎて、おかしくなっちゃいます！　んぁ、ああっ、イってるのに、すぐまた、んぁ、ああっ！」

彼女は嬌声をあげながら、俺の上で身体を跳ねさせる。

「ああっ♥　ん、はぁっ、あうっ……！」

俺はそんな彼女のおまんこを、さらに突き上げていった。

「んはぁっ！　あっあっ♥　ダメですっ、私、また、んぁ、イっちゃ、んくぅぅっ！　あっ、はぁ、んぁっ……！」

「ぐっ、そんなに締めつけられると……」

「あぁっ♥　気持ちよすぎて、かってに、んぁ、あっ、んはぁっ♥」

彼女は嬌声をあげながら、そのおまんこで肉棒を絞り上げてきた。

蠢動するその膣襞に、俺も射精欲が膨らんでいく。

「あぁっ♥　んはぁっ、あっ、もう、イクッ！　あぁっ、ん、はぁっ♥　あっあっ♥　クロート様も、ん、はぁっ♥」

「ああ、こっちもそろそろいきそうだ」

そう言いながら、腰を突き上げていく。

「んはぁっ♥　あぁ、来てくださいっ、んぁ、あうっ、ふぅ、んぁっ……！」

「ああ、いくぞ！」

俺はラストスパートで腰を動かしていく。蠕動する膣襞をかき分け、彼女の奥へ。

「あぁっ♥　んぁ、あふっ、あぁっ……！　私の、一番奥に、んぁ、クロート様のおちんぽが♥　あっ、んはぁっ！」

「ああ、このまま、奥でイクぞ！」

「はいっ♥　んぁ、あぁっ……私の奥に、クロート様の精液、いっぱいだしてくださいっ！　んぁ、あっ♥　んはっ！」

「ああ……！」

「んはぁっ♥　あっ、もう、イクッ！　あぁっ！　おまんこ、奥まで突かれて、イッくぅー！　あっあっ♥　んくうぅぅぅっ！」

再び絶頂し、その膣襞がぎゅぎゅっと収縮する。

俺はその襞をかき分け、腰を思い切り突き上げた。

「んはぁぁぁぁっ！」

絶頂続きのおまんこを何度も突かれ、カナリアが嬌声をあげる。

子宮口がくぽっと亀頭を咥えこみ、同時に膣襞が肉棒を絞りあげた。

どびゅっ！　びゅくびゅくっ、びゅるるるっ！

俺はそのまま、彼女の最奥で射精した。

「あぁぁっ♥　クロート様の、んぁ♥　熱いせーえきっ♥　私の奥に、どびゅどびゅでてますっ♥」

「ああ……すごい勢いで搾り取られる……！」

俺はその膣内に、めいっぱい中出しをしていった。

「んはぁっ……♥　あっ、ん、ふぅっ……」

彼女がうっとりと声を漏らしながら、俺の上で脱力していった。

「んっ……♥」

俺はそんな彼女を受け止めて、抱きよせる。行為後の熱い身体は、軽く汗ばんでいた。

むにゅりとしたおっぱいの柔らかさを感じながら、彼女を抱きしめる。

「あふっ……♥　クロート様……♥」

カナリアはそのまま、俺に抱きついてきた。

「あんっ♥」

きゅぽっと肉棒が抜けて、カナリアが声を漏らす。

「クロート様の、濃い精液……お腹の中に感じます……♥」

「ああ」

彼女は幸せそうに言うと、そのまま力を抜いていった。

俺はそんな彼女を抱きしめたまま、優しくなでていく。

カナリアの気遣いと行為の気持ちよさで、俺の心はすっかりとほぐれていった。

そうして、またしばらく抱き合い、眠りに落ちていくのだった。

第五章　平和な暮らし

かつての所属ギルドを止め、奴隷狩りもやめさせ……俺に待っているのは、村での平和なハーレムライフだった。

これといった問題も発生せず、ブラック時代とは違う、緩い生活を送っていた。

村での、のんびりとした暮らし。

昼は様々な魔道具の作成や、それらの素材集め。

たまに仕事が重なって少し忙しい日もあるが、それだってギルドにいた頃のようにブラックというわけではない。

無理が出そうなら、素材集めなどを後ろの日にずらすこともできるしな。

そうやってかなりゆったりとした、心地いい日々を過ごすことができている。

そして夜になると、美女たちと熱い夜を過ごすのだった。

仕事を終えた俺は、風呂に入っていた。

この風呂も、魔法で簡単に入れられるようになり、気軽に入ることができる。

魔法を一切使わないと、水をくみ上げてから、薪を燃やして焚かないといけない。

その薪だって別で用意しないといけないし、そもそも薪は木を切り倒して……となかなかの重労働だ。しかし、魔法なら、それらを省略することができる。

スイッチ式で発熱のエンチャントを発動させればいいのだ。

水に関しては、先に水道を配備してある。

これも、要するに井戸からの汲み上げを、スイッチ式のエンチャントで行うものであり、作るのはやや大変だが、一度作ってしまえば快適なものだ。

そんなわけで、村にはすっかり水道も普及し、こうしてお風呂に入ることもできる。

と、そんなことを考えていると、風呂場のドアが開いたのだった。

「背中を流しにきたわよ♪」

そう言って入ってきたのは、シュティーアとサバーカだ。

ふたりは、風呂だから当然とはいえ、そのみずみずしい肢体を赤裸々にさらしている。

生まれたままの姿だ。

何度も身体を重ね、裸を見るのだって一度や二度ではないのだが、やはりその極上のスタイルは、いつ見てもいいものだった。

「ん？　やっぱり、おっぱいが気になる？」

そう言いながら、その爆乳をアピールしてくるシュティーア。

たゆんっと揺れるのその乳房は、やはり目を奪われてしまう。

「ああ、そうだな」

「そうなんだ♪　素直に言ってくれたご褒美に、今日はこのおっぱいでいーっぱい気持ちよくしてあげる♪」

「あたしも、んっ……」

そう言って、サバーカも自らの胸を持ち上げてアピールしてくる。

小さな身体に不釣り合いな、大きなおっぱい。

それがぽよんっと揺れながら誘ってくるのだった。

「うん、たまらないよ」

こんなふうに、かわいくておっぱいの大きな女の子に誘われたら……男として、楽しませてもらうにきまっていた。

「さあさ、それじゃ、そこに座ってみて」

「おう」

俺は促されるまま床に座った。そんな俺に、ふたりが近づいてくる。

「……それじゃ、まずは石鹸を泡立てて……」

サバーカがそう言って、泡を作っていく。

「わたしも、んしょっと」

シュティーアも泡立て、手を泡だらけにしたふたりが、そのまま手を伸ばしてきた。

「それじゃ、洗っていくわね」

「ああ……」

泡まみれの手が、俺の身体をなでていく。

女の子のしなやかな手でなでられるのは、気持ちがいい。

「ん、しょっ……」

「ぬるぬるー」

ふたりの手が、俺の腕や肩をなで回していく。

泡まみれの手になでまわされるのは、普通の意味で気持ちがいいものだ。

「もちろん、それだけじゃないけどね♪　ほら、ここで、んっ♥」

「うおっ……」

シュティーアが後ろか、むにゅんっとおっぱいを押し当ててきた。

気持ちのいい柔らかさが背中に伝わる。

「ん、しょっ……」

「あ、じゃああたしも、えいっ♪」

「おぉ……」

それを見たサバーカも、俺の腕をおっぱいで挟み込んできた。

「ん、しょっ……」

そしてそのまま、ふたりが身体を動かしていく。

むにゅんっ、ぽよんっとおっぱいで身体を洗われていく。

「んしょっ……」

「よいしょっ……」

彼女たちは、そのままおっぱいで俺の身体を刺激してくる。

柔らかな胸そのものの気持ちよさと、美女がおっぱいで身体を洗ってくれているというシチュエーションの両方が、俺を興奮させていた。

「ん、これ、おっぱいこすれて……んっ……♥」

「あんっ♥　たしかに、こっちも気持ちよくなっちゃうわね♥」

そう言いながら、ふたりはおっぱいでのご奉仕を続けてくる。

「どう、ちゃんと洗えてる？」

「ああ……いや、どうだろう、気持ちいいけど」

「それじゃ、もっと楽しんで……」

「ああ、そうだな」

むにゅむにゅとおっぱいに刺激されるのを楽しんでいった。

「んっ……ふぅっ、んっ……」

「あっ……ん、はぁっ……」

性感帯を身体にこすりつけていると言うこともあり、ふたりの声に色が入り始める。

柔らかな双丘を押しつけられながら、そんな色っぽい声を聞かされていたら……。

当然、俺の股間にも血が集まり始めてしまうのだった。

「クロートのここも、洗ってほしそうにしてるわね♪」

「あっ……本当……大きくなってる……」

「うっ……」

そう言いながら、ふたりの手が肉棒へと伸びていった。

「おぅっ……」

泡まみれの手がぬるぬると肉棒を擦ってくる。

「うっ……」

「しこしこー」

「ぬるぬるー」

ふたりは楽しそうに、肉棒を擦ってくるのだった。

「ぬるぬるだといつもよりスムーズに動くし、気持ちいいでしょ？」

「ああ……」

尋ねてくるシュティーアにうなずくと、サバーカも手を速めていった。

「ぬるぬるのおちんちん、気持ちいいんだ……」

「そうだな、うっ……」

「ここ……裏っかわも、しっかり洗わないと」

「ああ……」

サバーカは裏筋のあたりを泡だらけの指でこすってくる。

「ん、しょっ、すりすり、きゅっきゅっ」

「うっ……」

さらに、軽く手をひねるようにして、横向きにも刺激してくるのだった。

「んっ、おちんちん、ぴくんってした……」

「泡だらけのおちんぽ、しーこ、しーこ♪」

そしてその間にも、シュティーアは背後から手を伸ばしたまま、根元をしごくように洗ってくる。

いや、これはもう洗うという体《てい》で、愛撫をしているだけだった。

「ん、しょっ……ふふっ……ほら、おっぱいも、んっ……♥」

シュティーアが手コキをしながら、背中に胸を押しつけてくる。

「あたしはこっちに、んっ……」

サバーカは、俺の足にまたがるようにして、その胸を押しつけてきた。

そして、より顔を近づけた状態になって、肉竿をいじっていく。

無防備にも思えるその姿勢を小柄なサバーカがやると、なんだか背徳感があって、さらに俺を興奮させるのだった。

「ん、しょっ……」

「えいっ♪　ぬるぬるー」

彼女たちは、肉竿以外にも身体のあちこちをなでたり、押し当てたりしてくる。

美女ふたりと泡に包まれた俺は、その気持ちよさに浸っていった。

「このまま、ぬるぬる手コキで一度すっきりしちゃう？」

「ん、しこしこっ、しこしこっ♥」

「ふたりとも、うっ……」

彼女たちが手の速度を上げ、俺を追い詰めてきた。

「んしょっ、しこしこ、ぬるぬるっ♥」

「おちんちんの先っぽから、石鹸じゃないぬるぬるが出てる……♥」

「うっ……」

ふたりの手が自由に肉棒をしごいてくる。

タイミングが少しずれているのが、また気持ちいい。

そして石鹸のぬめりでいつも以上にしごく手もなめらかで、射精感が増してきた。

「ん、しょっ……そろそろ、出そう？」

「我慢汁があふれてきて、先っぽ、膨らんできてる……ぬるぬる、しこしこしこしこっ♥」

「あぁ……もう出そうだ」

「いいよ。わたしたちのおててで、出して♪」

「クロートの出すところ、見せて」

そう言いながら、彼女たちが追い込みをかけてきた。

「しこしこしこしこっ♥」

「ぬるぬるしゅっしゅっ♪」

「ほら、イって……」

「いっぱい出して♥」

「う、出るっ……！」

俺はそのまま、彼女たちに導かれて射精した。

「わっ、すごい勢い♪」

「んっ、濃いのが、びゅくびゅく出てる……♥」

勢いよく飛び出した精液が、彼女たちにもかかっていく。

泡とは明らかに違う、どろりとした体液が、その白い肌を染めていった。

「いっぱい出たわね♪」

「でも、まだこんなに元気……」

サバーカが、泡まみれの肉竿をいじってくる。

裸の美女ふたりに囲まれていれば、一度出したくらいでおさまらないのも当然だった。

「それじゃ、泡を流して、と……」

シュティーアが俺の身体にお湯をかけて、泡を洗い流していく。

「んっ、次はここで、いっぱいお掃除する♥」

そう言って、サバーカが俺の正面に立ち、自らの割れ目を広げてアピールした。

くぱぁと開いたそこは、もう愛液をこぼしており、雌のフェロモンを漂わせている。

ピンク色の内側がテラテラと光りながら、俺を誘っていた。

「ん、ふぅっ……」

彼女はそのエロい姿を見せつけるようにしながら、俺にまたがった。

「クロート、んっ……」

そして、勃起竿をつかむと、自らの割れ目へと誘導していく。

「あっ、ふぅっ、んっ……」

そしてそのままお尻を下ろし、俺の腰に体重を乗せる。

「あっ♥　ん、太いの、ん、おちんぽ、入って、くるっ……」

「う、あぁ……」

ぬぷり、と肉棒が蜜壺へと飲まれていく。彼女はそのまま俺の上に座り、抱きついてきた。

「んっ……♥」

むにゅんっとそのおっぱいが押しつけられて、気持ちがいい。

膣襞がきゅっきゅと、精いっぱいに肉棒を締めつけてきた。

「それじゃ、わたしは後ろから、ぎゅー♪」

そして、シュティーアが背後から抱きついてくる。その爆乳が柔らかく潰れながら、押し当てられた。前後からおっぱいを押しつけられ、幸せな感触に包まれる。

「動く、ね……」

そう言ったサバーカが、身体を動かしはじめた。

「あふっ、ん、あぁ……♥」

俺の上に座った状態で、ゆっくりと腰を振っていく。

「あぁ、ん、ふぅっ……♥」

彼女がお尻を動かすのに合わせ、膣道が肉棒をしごきあげていく。

「あっ、ん、はぁっ……ふぅっ……」

彼女はそのまま腰を動かし、快感に身を任せていった。

「ん、しょっ、えいっ♪」

そして後ろからは、シュティーアがそのたわわなおっぱいを背中に押しつけながら、こすりつけるように動いている。

「ん、しょっ、ふふっ♪」

彼女はそのまま上下に動き、泡だらけのおっぱいで背中を刺激してくる。

「あんっ、ヌルヌルこすれて、んっ……」

やわらかなおっぱいの感触の中で、乳首がとがっているのがわかった。

「あふ、ん、はぁっ……」

「ふぅっ、ん、あぁっ♥　こっちも、んっ……」

そして正面からも、サバーカが腰を動かしながら抱きつくようにしてきた。

「ん、はぁっ、あっ、んっ……」

前後から挟まれ、隙間なくおっぱいを押しつけられている幸福感。

そしてもちろん、肉竿はおまんこにぱっくりと咥え込まれ、刺激されている。

その心地よさに身を任せて、俺はただただ快感を受け止めていた。

「んぁっ♥　あっつ、ん、ふぅっ……」

「んんっ……！　ん、はぁっ♥　あっ、あぁっ……」

美女たちが俺を気持ちよくしようと、身体を使って奉仕してくれている。

「そうだ、サバーカ、えいっ♪」

「ひうんっ♥　あ、シュティーア、尻尾だめぇっ……」

後ろから手を伸ばしたシュティーアが、サバーカの敏感な尻尾を刺激した。

「あぁっ♥　ん、はぁっ……！」

「おぉ……これ……」

その刺激におまんこがきゅっと反応し、俺の肉棒を締めつけてくる。

「んぁ、あふぅっ、ん、ああっ……！　あっあっ♥　そんな、ん、はぁっ……んぁ、おまんこと尻尾、両方はだめぇっ……♥」

彼女はそう言いながら、さらに激しく腰を動かしていく。

「あんっ♥　しっぽもぷるぷるしてる♥　ん、ふぅっ……しこしこっ♪　もぉっとクロートにおっぱいを押しつけて、むぎゅー♥」

「おお……」

「んぁっ♥　あっ、ああっ……！」

シュティーアの爆乳を心地よく感じていると、さらに快感に乱れるサバーカが、俺に抱きつくようにしながら腰を振ってきた。

「んはぁっ♥　あっ、ん、はぁっ、ああっ！　も、もう、んぁ、イクッ！　イっちゃう……！　ん、あぁっ、はぁっ……」

婚声をあげながら乱れていくサバーカ。膣襞もうねり、肉竿を締めあげてくる。

「んはぁっ♥　あっあっ……あんあんっ♥　ん、はぁっ、あうっ、イクッ、イクイクッ！　イックウウゥゥゥッ！」

「う、あぁっ……！」

彼女がぎゅっと抱きつくようにしながら、絶頂を迎える。

膣内がさらに締まり、精液をねだるようにうごめいた。

そのうねりに俺も限界を感じ、絶頂に浸る彼女をつかむと、腰を突き上げていく。

「あっ♥　ん、はぁっ、んうぅっ……」

「んはぁっ♥　あっ、んあぁっ……！　イってるおまんこ、んぁ、そんなふうに突かれたら、あっ、んはぁぁっ！」

あられもない声をあげるサバーカだが、そのおまんこはもっととばかりに肉棒に吸いつき、うねっていく。その絶頂締めつけに絞られ、俺も限界を迎えた。

「ぐっ、いくぞ……！」

そしてラストスパートとばかりに腰を突き動かし、蜜壺をかき回していく。

「あぁっ♥　や、んはぁっ……！　あぁっ……イってるのにぃっ♥　んぁ、あっあっ♥　んくうぅうっ……！」

「う、出るっ！」

どびゅっ、びゅくくっ、びゅくんっ！

俺はそのまま彼女を引き寄せ、その膣奥に射精した。

「んあああぁっ♥　あっ、ああああっ……！　おまんこの奥に、んぁっ、熱いせーえき、ベチベチ当たってるぅっ♥」

うねる膣襞が射精中の肉棒を締めあげ、絞りとってくる。

俺はその気持ちよさに任せるまま、精液を吐き出していった。

「あ……ん、はぁっ……あぁ……♥」

絶頂直後に中出しを受けたサバーカは、快楽の余韻に深く息を吐いた。

「あふっ……んんっ……」

そんな彼女を支えるように持ち上げて、肉棒を引き抜いていく。

「うぅ……ん、はぁ……」

立ち上がるとサバーカを床に座らせ、休ませる。

「クロートってば、まだ元気なのね♪」

そう言って、シュティーアが勃起竿に触れてきた。

「そうだな。シュティーアのここも、ほしがってるみたいだしな」

「あんっ……」

俺は、彼女の足の間へと手を伸ばす。

そして、愛液をあふれさせているおまんこを、くちゅくちゅといじった。

「あうっ、んっ……」

そして彼女の背中を、壁へと押しつけるようにする。

「あぁ……♥」

うっとりとこちらを見つめる彼女にキスをすると、その足を持ち上げて、ぐちゅぐちゅのおまんこに肉棒をあてがうのだった。

「あっ、ん、はぁっ……♥」

そしてそのまま、腰を押し進めて挿入していく。

「ん、あふっ……あんっ♥」

風呂場だということで、嬌声がいつもより響く。

「あぁっ♥ ん、はあっ！ んうぅっ！」

腰を深く動かしていくと、彼女は素直に感じていった。

「あぁっ、ん、ふぅっ、あんっ♥」

壁に押しつけ、動けない彼女へと腰を突き出していく。

「あふっ、ん、あぁっ♥ クロート、んっ……」

膣襞が肉棒を擦りあげ、どんどんと快楽を送り込んできた。

「あぁっ♥ ん、ふぅっ、あんっ♥」

それは彼女にとっても同じようで、肉棒を動かすたびに、膣襞が喜ぶように震えながら吸いついてくる。

「あぁっ♥　ん、はぁっ……」

薄く湯気が立ちこめて、やや視界が遮られるのが、かえってえっちだ。

そんなことを考えながら、腰を振っていった。

「んはぁっ♥　あっ、ん、はぁっ……♥　クロート、あっ、ん、そんなに突かれたら、あぁっ、わたし、んうぅっ……」

彼女はそう言いながらも、より深くつながろうと、こちらへと身体を預けてくる。

「んあっ♥　あぁ……」

身体をこちらに倒したことで、肉棒がより、膣奥へと入り込んだ。

「あっ♥　ん、はぁっ♥　そこ、ん、あぁっ……」

奥まで入り込んだ肉棒が、こりっと子宮口を擦る。

「んはぁぁっ♥」

シュティーアが嬌声をあげて、ビクンと身体を揺らした。

「あぁ、わたしの、んぁ、赤ちゃんの部屋……♥　おちんぽにぐりぐりされてるぅっ……♥」

「ああ、このままいくぞ」

「んぁ、ああっ、うんっ……♥　そのまま、んぁ、ああっ♥　いっぱい、突いてぇっ♥」

シュティーアがそう言って、こちらへと抱きついている。

俺も彼女の腰へと手を回し、さらに引き寄せながら腰を突き出していった。

「んはっ♥　すごい、奥まで突かれて、あっあっ♥　イクッ！　ん、あぁっ！　イクゥッ！」

「ぐっ、あぁ……」

俺はラストスパートで、腰を振っていった。

「んはぁっ♥　あっ、ん、はぁっ♥　あっあっ♥　もう、イクッ！　んぁ、ああっ、イク、あぁ、イックウウゥウゥウッ！」

嬌声をあげながら、シュティーアが絶頂を迎えた。

膣襞がいっそう強く締まり、肉棒を締めつける。俺はそのまま、彼女の奥で射精した。

「んはぁぁぁっ♥　あぁぁっ♥　んぁ……」

絡みつく膣襞に絞られながら、精液を吐き出していく。

「せーえき、んぁ♥　わたしの奥に、いっぱい出されてる♥」

シュティーアはうっとりと言いながら、俺にもたれかかるようにした。

俺はそんな彼女を支えながらも、その腹の中に精液を出し尽くしていく。

「あふっ……♥　はぁ……ちゃんとお湯につからないと、身体冷えちゃう」

「ああ、そうだな……」

俺たちはシャワーで身体を流すと、三人で湯船につかり直し、しっかりと温まるのだった。

●

季節が変わり、村では一年の収穫を喜ぶお祭りが開催されることになった。

俺にとっては初めてのことだが、村では毎年のことのようだ。

俺は櫓《やぐら》の設営などを手伝ったのだった。

お祭りといっても村民だけのものなので、よそから人が来て賑わう、というようなものではない。

性質としては、村をあげての宴会といった感じのものだった。

村のみんなが集まり、わいわいと賑わっていた。

今では、俺もすっかり村人の一員としてなじんでおり、その輪の中にいる。

「いや、しかし今年は本当にいい年だった」

そう言っておじさんが酒を片手に俺の隣に来た。

「ああ、この一年で、ずいぶん過ごしやすくなったからな。クロートのおかげだ」

反対側にも人が来て、酒を渡される。

「たしかに、水仕事も楽になったしね」

「そうそう、お風呂まで簡単には入れるようになって」

そうしているうちに、俺はすっかりとみんなに囲まれてしまった。

どんどんと人が集まり、いろいろとお礼を言ってくれる。

それはギルドにいた頃にはなかったもので。

こんなにみんなに喜んでもらえ、感謝されるなんて……。

あらためて、この村に来てよかったと思うのだった。

そんなふうにして浸っていると、村全体がわいわいと賑わっていく。

みんなもお酒が回り、騒ぐようになっていった。

俺の隣にはカナリアが来て、のんびりと過ごしている。

慣れない酒が入った状態で、ぼんやりとカナリアを眺める。

「私も、クロート様と出会えて……この村にこられて、本当によかったです」

そう言って、笑みを浮かべる。微笑んだ彼女はとてもきれいで、思わず、キスをした。

「ん、ちゅっ……♥」

それに応え、目をつむるカナリア。

そして唇が離れると、今度は彼女からキスをしてくる。

「クロート様、大好きです」

そう言って口づけをし、見つめ合う。

カナリアのような美女にそんなふうにされると、やはりムラムラときてしまう。

しかし今、村はお祭りの最中。家の中に入ってくることはないだろうが、酔った勢いで、もっと騒ごう、みたいな誘いがないとも限らないのだった。

そんなわけで……。

「カナリア、こっちに」

「はい……」

俺はカナリアを、村から少し離れた、森の中へと呼んだのだった。

喧噪を離れ、こっそりと森へ。

「なんだか、ドキドキしますね……♥」

ないしょ感があるためか、カナリアがそう言った。

「ああ、そうだな」

こっそり、というのはやはり普段とは違う高揚感があるものだ。

少し離れると、お祭りで賑わう村の様子がわかると同時に、周囲は一気に静かになったような気がする。

普段とは違う空気感。森には当然だが誰もおらず、俺たちはその木陰で抱き合った。

「ん、ちゅっ……」

あらためてキスをし、抱き寄せたカナリアの背中をなでていく。

「ん、ふぅっ……」

その手つきが色を帯び、カナリアもこたえるように俺の身体をなでてきた。

「ちゅっ♥　んっ……」

そしてキスをしながら、彼女の身体をまさぐっていく。

「あんっ……クロート様……♥」

俺は彼女の胸へと手を伸ばし、その豊かな膨らみに触れていく。

「ん、あぁっ……♥」

むにゅむにゅと柔らかさを楽しんでいると、彼女が甘い声を漏らしていく。

「あふっ、ん、あぁ……」

そのおっぱいを両手で堪能すると、彼女がこちらの身体をなで回してくる。

「あぁ、クロート様……こんな、お外で、んっ、ふぅっ……」

そう言いながらも、彼女の手はむしろ俺を求めるように動くのだった。

「あんっ、ん、ふうっ……」

柔らかなおっぱい。

俺は服の内側に手を差し入れ、その乳房を直接愛撫していく。

「あんっ♥　あ、んんっ……誰もいないとはいえ、ん、はぁっ……」

彼女はそう言って恥じらいを見せながらも、感じていた。

「あっ、ん、ふぅっ……あっ、んっ……」

「乳首、立ってきてるな」

「あんっ♥　あっ、クロート様が、おっぱい、いやらしく触るからですっ……ん、はぁっ、んぅっ」

彼女は小さく身体を動かしながら、そう言った。

「んぁ、ん、ふぅっ……あぁっ……クロート様だって、ん、ふぅっ……お外で、こんなにズボンを膨らませて……♥」

そう言いながら、カナリアの手が俺の股間をなでてくる。

「こんなに大きくしてたら、ズボン越しだって、勃起してるの、わかっちゃいますよ♥　ほら、立派に押し上げて、ん……」

「ああ……」

彼女が、ズボン越しに肉竿をなでてくる。

何度も身体を重ね、俺の感じるところをわかっているカナリアの手は、ズボンを素速くくつろげて、進入してくる。しなやかな手が下着の中にまで入り、肉竿を刺激した。

「んっ……あぁ……♥　おちんぽ、もうこんなに硬く、熱くなって……パンツの中じゃ、窮屈ですよね？」

そう言いながら、肉棒を擦ってくるカナリア。

「あんっ♥　あ、んんっ……クロート様、んっ……」

俺はそんな彼女の乳首を責め、おっぱいを楽しんでいく。

「んぁ、ふぅっ、んっ……」

彼女は肉竿をいじりながらも、おっぱいを揉まれて自分も感じていく。

「あぁ、ん、はぁっ……ふぅ、んっ……」

森の中で、ふたりきり。遠くからは、わずかに村の喧噪が届いてくる。

「あぁっ♥　ん、はぁ、んぅぅっ……」

そしてすぐ側では、カナリアが色っぽい声をもらしていた。

「あっ、ん、はぁっ、んぅっ……クロート様、ん、はぁっ……」

彼女はズボンから肉棒を取り出して、擦ってきた。

「あんっ、おちんちん、こんなにガチガチで……♥　あっ、ん、ふぅっ……お外なのに、私、あぁっ……♥」

もうすっかりとエロいモードになったカナリアが、なまめかしい手つきで肉棒をいじり、愛撫してくる。

「あふっ、ん、あっ、ああぁっ……♥」

俺はそんな彼女のおっぱいを楽しみ続け、感じさせていった。

「あふっ、ん、あぁっ……あはぁ、ん、ふぅっ……」

「すっかりとエロい顔になってるな」

「あぁっ……ん、はぁっ……だって、ん、クロート様がえっちな手つきでおっぱい触って、ん、はぁっ、乳首まで、んぁっ♥」

俺が言うと、彼女は感じながらそう答えた。

「あぁっ♥ ん、はぁっ、んうぅっ……」

そんなカナリアの下半身へと手を伸ばし、スカートの中に手を忍び込ませる。

「あっ♥ ん、はぁっ……あうっ……」

彼女の内腿を這い上がり、足の付け根へ。

「んぁ、あっ、あぁっ……♥」

そこはもう、下着の上からでも濡れているのがわかった。

「ん、はぁっ、クロート様♥ んっ……」

くちゅり、といやらしい水音がする。俺はそのまま、割れ目を指で往復していく。

「んっ……♥ はぁ、あっ、ん、ふぅっ……」

彼女は快感に身を縮こまらせて、されるがままになっていた。

俺は下着をずらし、今度は直接、その割れ目を愛撫していく。

「あぁっ♥　ん、あふっ、クロート様、ん、あぁっ……」

「カナリア、ほら……」

俺はスカートをまくり上げる。

もうすっかりと水分を含んでしまった、彼女の下着が露《あらわ》になった。

「あぁっ……♥」

「外でこんなあられもない格好になって……カナリアは本当にえっちだな」

「あんっ、ん、クロート様が、こんなにしたのに、んっ♥」

彼女は恥ずかしそうに言いながらも、感じているようだ。

「あう、ん、はぁっ、あぁっ……」

「こっちはもう、すごく期待してるみたいだよ」

くちゅくちゅとおまんこをいじりながら言うと、彼女は小さくうなずいた。

「はいっ……ん、ふうっ……♥　わたしのおまんこ、ん、はぁっ……♥　もう、クロート様のおちんぽが欲しくて、あっ、んっ♥」

そう言いながら、再び手を伸ばし、肉棒をしごいてくる。

彼女は指をカリ裏に引っかけるようにしながら、先端を中心に責めてきた。

「あっ、ん、ふぅっ……ね、クロート様、あっ、んっ……もう、こんなにガチガチにして……苦しいですよね？」

「ああ、そうだな」

俺も素直にうなずきながら、彼女のおまんこをいじっていく。

「あ♥　ん、ふぅっ……じゃあ、私のここで、あっ、んっ……ご奉仕、させてくださいっ……あっ、ん、はぁっ……」

そんな彼女に、俺は少し意地悪を言ってみた。

「外なのに、そんなことしていいのか？」

「あんっ……♥　だって、ここまでされたら、私、ん、ふぅっ……もう、我慢できないですっ……あっ、ん、ふぅっ……」

彼女はかわいらしく喘ぎながら続ける。

「こんな、あっ、んっ……♥　えっちな状態で、戻るのも無理ですっ……♥　あぁっ、ん、ふぅっ、んぁっ……」

そう言いながら、肉竿をしごく手を忙《せわ》しなくしてきた。

「クロート様だって、ん、こんなガチガチのおちんぽ♥　このままじゃな戻れないですよね？　反り返ったおちんちん、ズボンに収まらないですし」

「そうかもな」

言いながら、クリトリスを優しく擦った。

「んはぁっ♥　あっ、あぁ……だったら、ん、はぁっ、あぁ……しっかりと、ん、ふぅっ……すっきりしとかないといけませんね♥」

「そうだな」

いやらしくおねだりしてくるカナリアを見ていて、我慢できるはずもない。

「それじゃ、そこの木に手をついて」

「はい……」

彼女は言われるまま、木に手をついて、こちらへとお尻を向けた。

俺は下半身の布地をまくり上げ、下着をずらす。

「あっ……♥」

カナリアが期待するような声を出した。

露出したおまんこは、もうしっとりと濡れて薄く花開いている。

きれいなピンク色の内側が、ペニスを求めてうごめいていた。

「クロート様、んっ……♥」

俺は、その膣口へと肉棒をあてがう。

「あぁ……クロート様の、ん、硬いおちんぽが……んっ……」

「ああ、いくぞ」

「はいっ……」

俺は彼女の身体をつかみ、腰を前へと進めていった。

「んあぁっ♥　あっ、ん、ふぅっ……」

肉竿がぬぷりと、膣襞をかき分けて侵入していく。

「あぁっ♥　クロート様の、熱いおちんちんが、入ってきて、んうぅっ……」

「ああ、カナリアの中、すごく吸いついてくるな」

「んぁ、あ、ふぅっ……ん、そうです……♥　私のおまんこ、もうすっかりクロート様の形にされて、あっ、んんっ……♥」

かわいいことを言うカナリアをつかんで、俺は腰を動かし始めた。

「あっ♥　ん、はぁっ……んうぅ……」

膣襞を擦りながら、俺だけのおまんこを往復していく。

「あっ、ん、はぁっ……ふぅっ、んぁっ♥」

彼女は嬌声をあげながら、小さくお尻を動かしてくる。

もっと、とねだるようなその動きに俺の興奮も高まり、最初からペースを上げていった。

「ああっ♥　ん、はぁ、あうっ、んっ……♥」

ピストンにあわせて、カナリアがエロい声をあげていく。

静かな森の中で立ちバックで突かれ、喘いでいるという状態もエロい。

「んぁ、あっ……ふぅっ、んっ……あぁっ……あうっ……♥」

膣襞がうねりながら肉棒を締めつける。

野外だというに、あられもない姿で感じているカナリア。

そんな彼女に興奮し、俺はさらに激しく抽送を行っていった。

「んはっ♥　あ、ああっ……！」

力強いピストンで、彼女の声もさらに激しくなっていく。

「あぁっ♥　ん、はぁっ……んうっ……♥」

蠕動する膣襞を擦りあげ、往復を繰り返した。

「あぁっ、ん、あぁっ！　クロート様、んぁっ♥　あっ、ああっ！　そんなに、んぁっ、おまんこ突かれて、んぁっ！」

木に手をついたカナリアが、大きく嬌声をあげていく。

そのエロい喘ぎが、さらに俺を昂ぶらせた。

「んはぁっ！　あっ、んあぁぁっ♥　ああ、ん、くぅっ！」

そんな彼女に、俺は少し意地悪をしてみる。

「あまり声を大きくしすぎると、誰かに聞かれるかもしれないぞ」

「そんな、あっ、んはぁっ！　そんなこと言いながら、んっ、突くのはダメですっ♥　あぁっ、声、ん、はぁっ、でちゃうの……だめぇえええっ！」

腰を動かしていくと、カナリアは色っぽい声で言ってくる。

だが、そんな切ない声を出されたら、かえって興奮する一方だ。

「あぁっ♥　ん、あうっ、お外でこんな、んぁっ！　あっ、ああっ♥　私、感じて、ん、はぁっ、んあぁっ！」

恥ずかしがりながら感じているカナリアを、後ろから突いていった。

「あっあっ♥　だめ、ダメですっ！　ん、くぅっ♥　あっ、ああっ……声、ん、んんっ……ん、んむっ……！」

彼女は声を抑えようと、きゅっと口を閉じた。

「ああ、そうやって我慢するのはいいかもな……それなら、うっ……誰かに聞かれることもないだろうし、な！」

「んんんっ！　ん、んんーっ！」

俺はそう言って、さらにピストンを激しくしていった。ひと突きごとに漏れ出る声を我慢しようとしているカナリアの姿は、いつもとは違ったエロさがある。

「んうっ♥　ん、んんっ！　ん、んんーっ♥」

そしてどこか、無理矢理にセックスしているような背徳感もあった。

声を抑えるカナリアを、もっと思いっきり喘がせたい。

俺の欲望は膨れ、さらにおまんこをかき回していった。

「んむっ、ん、んんっ……♥　ん、あっ、だめっ、ああっ♥　んんーっ！　ダメですぅ、声、盛れちゃ、あっ、んはぁぁぁっ♥」

ずんっと奥まで突くと、耐えきれずにカナリアが嬌声をあげる。

「ああっ♥　だめ、ああっ！　ん、はぁっ、あんっ♥　私の、はしたない声、あっ、あぁっ、お外に、響いちゃいます、ん、はぁっ！」

「でも、外なのに感じて乱れてるカナリア、かわいいぞ」

「んはあっ♥　あうっ、そんなこと言われたら、私、あっ、ん、はぁっんっ♥　余計、感じちゃいますっ、クロート様ぁ♥　あん、んくうぅぅっ！」

「うっ……」

思うまま声を出して乱れるカナリア。

そのおまんこがきゅうきゅうと締めつけてきて、俺も追い詰められていく。

「あっあっ♥　もう、ん、はぁっ……だめぇっ……♥　私、イっちゃいますっ……♥　あっ、ん、ふぅっ、あぁっ……！」

「こっちも、いきそうだ」

「あぁっ♥　ん、はぁっ、はいっ……♥　きてくださいっ……私の中に、あっ、ん、ふぅっ、そのまま、あっ、んはぁっ……！」

俺はそのまま、さらに激しく腰を振っていった。

「んはぁぁっ！　あっ、あぁぁっ……♥　おちんぽ、私の奥まで、ん、はぁっ、いっぱい♥　い、いっぱい突いて、ん、はっ……♥」

腰を突き出すと、彼女の最奥にある子宮口に亀頭が当たる。

「んはっ、あっ、ん、ふぅっ……♥」

くぽっと肉棒を咥えるそこを、そのまま突いていった。

「んひぃぃっ♥　あっ、ん、はぁっ……クロートの様の、おちんぽ♥　私の、あぁっ、いちばん奥、ツンツンして、あっ、んうぅっ……♥」

「ぐっ、あぁ……」

彼女は奥までしっかりと受け入れるよう、お尻を突き出してくる。

「あぁっ♥　ん、はぁっ、あっあっ♥　ん、くぅっ！」

俺はラストスパートで、腰を振っていった。

「あっあっあっあっ♥　ん、あうっ、たいせつなとこ、こんなに突かれて、あっ、んっ……♥　すごいの、きちゃいますっ……♥」

「ああ、そのままイってくれ」

「んはぁっ♥　あっ、ん、ふぅっ……あぁっ！　イクッ！　あっあっ♥　ん、あぁっ、んぁっ♥」

うねる膣襞を擦りあげながら、吸いつく子宮口を突いていく。

「んはぁあっ♥　あっあっ♥　イクッ、もう、んぁっ、あっあっ♥　イク、イクイクッ！　イックウウゥウゥウッ！」

「う、出すぞ！」

どびゅっ！　びゅくっ、びゅるるるるるっ！

俺は、彼女が絶頂したのに合わせて、射精した。

「んはぁぁぁあっ♥　あっ、あぁぁ……熱いせーえき、んっ、はぁっ……♥　私の子宮に、直接、注がれてますっ……♥」

「う、あぁ……」

彼女の子宮口は、その子種を余すところなく搾り取ろうと吸いつき、うごめいていた。

「あっ♥　ん、はぁっ……すごい、あうっ♥　あっ、ん、はぁ……♥」

カナリアはそのまま、快楽の余韻でぐったりと力を抜いていった。

俺はそんな彼女を、抱きかかえるように背後から支える。

「クロート様ぁ♥　ん、ふぅっ……」

うっとりとこちらを見る彼女を支えながら、しばらく落ち着くのを待ったのだった。

●

村での生活は続いていく。

基本的に、この村では行商人を通して他の村や町と物資のやりとりをしている。

村同士で直接行き来するのは手間だし、難しいからだ。

街道付近だって、場所によってはモンスターも出るしな。

村の人が直接移動する場合、冒険者などの護衛をつけている商人とは違って危険だ。

とはいえそれが前提のため、普段ならこれといって問題もないのだが……。

イレギュラーで何かが起こったときは、自分たちでは直ぐに取れる移動手段がない、ということにもなるのだった。

今回は隣——といっても、森を挟んで結構離れている——村で薬が足りなくなったらしく、若者が決死の覚悟でこちらの村に来たのだった。

幸い、備蓄は問題ないので分け与えられるのだが、来るのが大変なら帰るのも大変……ということだ。そこで魔法使いである俺とサバーカが、護衛として彼を送り届けたのだった。

薬に加えて護衛までしたということで、隣の村の人々にも感謝され、俺たちは自分たちの村へと気分よく帰ることができた。そこでふと、サバーカと語り合う。

「……なんだか、不思議な感じ。ちょっと手伝っただけなのに」

「ああ、俺もだよ。村に来るまでは、こんなふうに感謝されることなんてなかったからな……」

そんな話をしながら、帰り道を行く。

途中、ちょっとしたモンスターが出ても、俺とサバーカなら瞬殺だ。

このあたりはさほど強いモンスターは出ない。

反面、だから村の囲いもあまり厳重ではないし、貴重な素材などとも無縁だから、発展もしにくいというのはあるのだが。

ともあれ、村人にとっては危険な森も、俺とサバーカには何の問題もなく、ちょっとしたハイキング気分だ。

せっかくなので、ふたりでのんびりと森を歩いていく。しかしなんだな……。

俺は前を歩くサバーカを眺める。尻尾をフリフリとしながら歩くサバーカは、元々、露出多めの服装だ。獣人は感覚が研ぎ澄まされているため、布面積が少ないほうが風の流れを感じられ、優位に働くという事情もあるらしい。

だが、目にするほうからすると、純粋にエロいな、という感想のほうが大きい。

特に俺は戦士タイプではなく魔法使いタイプ。

自分の装備は厚着だというのも、あるかもしれない。

獣人ほど肌が強いほうではない人間としては、森の中だと、どちらかといえば肌を隠すことのほうが推奨されている。

そのため、薄着で森を歩くというのは、なんだかミスマッチなエロさもあるのだった。

なんてことを考えていると、サバーカがくるりとこちらを振り向いた。

「クロート、えっちなこと考えてる……？」

彼女は、何かを感じ取ったらしい。こちらへ向ける目は、どこか期待しているようでもあった。

「まあ、そうだな」

俺は素直に認める。

「そうなんだ……♪」

サバーカはそれを聞いて、嬉しそうにした。

彼女もすっかりと、えっちな女の子になっているようだ。俺としては、嬉しい限りだった。

「それじゃ、ちょっと奥へ行ってみる……？」

「ああ」

俺たちは獣道を外れ、木々が茂る奥へと入っていく。

ここなら、誰かが通ることもまずないだろう。

まあ、モンスターや素材を求める冒険者が来る可能性は、ゼロではないが。

「ふふっ♪　クロートってば、お外で盛ってるんだ……♪」

サバーカはそう言うと、素早く身をかがめ、こちらへと来る。

「うぉ……そう言うサバーカこそ……」

「ん♥　クロートにえっちな目で見られると、すぐ興奮しちゃう♪　それに、カナリアとのこと……聞いてたし♥」

そんなことを言いながら、彼女は俺のズボンとパンツを下ろしていった。

どうやら村祭りの出来事を、カナリアから自慢されていたようだな。今でもサバーカは、カナリアのマネをしたがるところがある。

「あーむっ♪」

「うわっ……」

そしてすぐに、肉竿をしゃぶってくるのだった。

「あむっ、じゅるっ……れろっ……」

「おぉ……」

まだ膨らみきっていない肉竿を、口内で転がしていく。

「れろれろっ……ちゅぷっ……」

彼女は舌先で裏筋を刺激してくる。

「あもっ、ぺろぺろぺろっ……じゅぶっ、んぁ……♥」

「あぁ……」

そんなふうに愛撫されていると、すぐに勃起してしまう。

「あふっ、おちんちん大きくなって……んっ♥　ちゅぱっ、んぁっ……お口に入りきらない……♥　んむっ」

彼女は収まりきらなくなった肉棒を、一度口から離す。

「あふっ……♥」

サバーカがうっとりと肉竿を眺める。彼女の唾液で光る剛直のすぐ側に、幼さを残すサバーカの顔があるのは、背徳的な興奮を呼び起こすのだった。

「れろっ、ちろっ……」

「うぉ……」

彼女は次に、舌先でくすぐるように肉棒を舐めてきた。

「ちゅぷっ……れろっ、ちろっ……」

くすぐったいような気持ちよさが広がっていく。

「れろっ、ぺろっ……あふっ……お外でおちんちん咥えるの、なんだかドキドキする……ん、ふぅっ……ぺろぉっ♥」

「あぁ……そうだな……」

「クロートも感じてる？」

「ああ……」

「れろっ、ぺろ……ふふ、じゃあ、もっと気持ちよくなって♥」

彼女の舌が肉竿の先端を中心に、丁寧に舐め上げてくる。

「あふっ、ん、れろっ、ちゅっ♥　んむっ……おちんちんの先っぽ……敏感な裏筋を、ちろっ、れろぉ♥」

「う、あ……」

サバーカはいつもより積極的に、ねっとりと肉棒を舐めてきた。

「幹のほうへと降りて、れろれろっ……血管をなぞるように、ぺろ……♥」

顔を横に向けながら、肉竿を舐めてくるサバーカ。カナリアの教えを守っているようだな。

「あむっ、れろっ、ちゅぷっ……♥」

彼女はフェラを続けながら、上目遣いにこちらを見た。

「なんだか、いつもよりえっちな気分になっちゃう……お外だと思うと……れろっ、ちゅぷっ……ん、あふぅっ♥」

発情顔で見上げられて、俺も滾ってしまった。

「サバーカ……」

「んむっ!?　ん、ふふっ♥　ちゅぶっぶっ」

「うおっ……」

思わず彼女の頭をつかんで、やや強引に肉棒をしゃぶらせると、妖艶な笑みを浮かべながら吸いついてきた。

「じゅぶっ、ちゅぶっ、ちゅぽっ……♥　あふっ、お外でおちんぽしゃぶられて、いっぱい感じてる……♥　ん、ちゅぅっ……」

「ああ……」

俺は彼女の頭を押さえたまま、腰を突き出した。

「んぶぅっ♥　ん、あふっ……」

喉のあたりまで肉棒が入り込み、サバーカが一瞬驚いたようになりつつも……そのまま舌をローリングさせてきた。

「れろれろれろっ♥　ちゅばっ！　ちゅぶっ！」

「う、あぁ……」

喉がきゅっと肉棒を締めてくる。舌と唇が肉棒を刺激し、温かな口内で高められていった。

「じゅぶっ、ちゅぼっ、ちゅばばばっ♥　ん、あふっ……じゅるっ、れろれろれろっ♥　じゅぶぶっ、ちゅぼっ♥」

「あう、サバーカ……」

「あふっ、ん、じゅぶじゅぶっ、じゅぽっ♥」

彼女は激しくしゃぶりつき、肉棒を愛撫してくる。

「んぁ、じゅぼっ、ちゅぶっ……」

その刺激の強さに、俺は彼女の頭から手を離してしまう。

「じゅぶぶっ♥　ちゅぽ、ちゅばっ！」

それでもサバーカは離れずに、激しいフェラを続けた。

「あふっ、ん、ちゅば……♥　いつもより野性的なクロートもいいけど……♥　ん、こうやって吸いつかれて、気持ちよさに流されてるクロートもかわいい……♥　じゅぶっ！　じゅるるるっ！　じゅばっ、ちゅぽぉ♥」

「う、おぉ……」

野外ということで、サバーカも本能が刺激されているのだろうか。

いつも以上に激しい口淫を受けて、射精欲が刺激されていく。

「じゅぶぶっ、れろっ、ちゅぼっ、ちゅぅっ♥　じゅるるるうっ！」

「うぁ、サバーカ……」

その刺激の強さに、半ば無意識に腰を引いてしまう。

「逃げちゃダメ♥　じゅるるっ、ちゅぼっ、ちゅぶぶぶっ♥」

「あぁ……！」

彼女は俺の腰に手を回すと、ぐっと自分のほうに引き寄せた。

肉棒に思い切り吸いつかれ、彼女の口内がチンポを責めてくる。

「あむっ、じゅぶぶぶっ、じゅるっ、れろっ♥」

「うぁ、そんなにされたら、うっ……」

「我慢汁、どんどんあふれてきてる……♥　あふっ、喉までおちんぽで埋められて、んぁっ♥　じゅぶっ！」

ますます興奮した様子で、肉棒を余すことなく刺激してきた。

「あむっ、じゅぶぶっ……んっ、あふっ……あたしのお口で、んぁ、おちんぽ搾り取っちゃう♥　じゅぶぶっ！」

「あぁ、サバーカ、うっ……」

激しく吸いついてくる彼女のフェラに、俺は限界だった。

「じゅぶじゅぶじゅぶっ！　じゅぼっ、ちゅぶぶぶっ！」

「うぁ、でる……！」

「あふっ、ん、いいよ……このまま、じゅぶっ、ちゅぼっ♥　じゅぼぼぼっ！　吸いついて、出しちゃえ♥」

「あぁ……うぁ！」

彼女は宣言通り、激しく吸いついて、その小さなお口で精液を搾り取ってくるのだった。

「じゅぼぼぼっ！　じゅぶ、じゅぶぶっ……れろっ、ちゅぱっ、ちゅうぅぅっ♥　じゅぼじゅぶっ、じゅぞぞぞぞっ！」

「出る！」

どびゅっ！　びゅくびゅくっ、びゅくんっ！

「んむぅぅっ♥　ん、ちゅぶ、ちゅううぅぅっ♥」

「うあぁ……！」

口内で遠慮なく射精すると、射精中の肉棒に吸いついてくる。

「んむっ、ちゅぶ、じゅるっ……んくっ、ちゅぶぶっ！」

「うあ、ああっ……」

「じゅるるるっ、ちゅぶ、ん、んんっ！」

射精直後の肉棒を吸われ、腰を引きそうになるが、サバーカはなおもがっしりと俺を掴んで、肉棒に吸いついてきている。

「じゅるん、ごっくんっ♥　あふっ……♥」

そしてしっかりと精液を飲み干してから、ようやく肉棒を解放した。

「ああ……！」

すっかりと吸い尽くされ、腰が抜けそうになってしまう。

俺は背後の木に背中を預け、寄りかかった。

「あぁ……濃い精液、喉に絡みついちゃう……♥」

サバーカは発情顔でうっとりと言った。

「お外でおちんぽに吸いついて、どろっどろのザーメンをお口で受け止めて……あふっ♥　あたしのおまんこ、もう我慢できない……♥」

サバーカはそう言うと服を脱ぎ、もうすっかりと愛液をこぼしているおまんこを露出させた。

「あうっ……お外で、脱いじゃってる♥　んっ……」

彼女は恥ずかしそうにしながらも、その状態に興奮しているようだった。

「いつも以上にドスケベだな……」

「うん……」

俺が言うと、彼女は素直にうなずいた。

「なんだか抑えきれないの……あたしのここも、クロートのおちんぽを欲しがってる……♥　ほら」

そう言って、割れ目をくぱぁと広げて見せてくる。

きれいなピンク色の、小さな穴が愛液をこぼしながら俺を誘った。

「あぁ……もうくちゅくちゅ、えっちな音をさせてる……♥」

そう言って、かるくいじってみせるサバーカ。

小柄な彼女の野外オナニーめいたものを見せられ……俺の肉棒は、搾り取られたばかりだというのに、しっかりと天を向いていた。

「あぁ……♥　クロートのおちんちん、がちがちだね♥　あたしのここを目指して、ヒクヒクしてる……♥」

そそり立つ剛直を前に、サバーカがとろけ顔で言った。

「ああ、そうだな」

次はこっちの番だ。俺は先程すっかりとやられた分、彼女も乱れさせることにした。

「あっ……♥」

おまんこを広げてアピールする彼女に迫る。そしてサバーカを抱きかかえると、そのとろっとろのおまんこに、フル勃起した肉棒をあてがっていった。

「あぁ、熱いの、当たってる……」

華奢な彼女は、身体も軽い。俺はサバーカを抱きかかえたまま、肉棒へと下ろして貫いていった。

「んはぁっ♥　あぁっ♥　太いおちんぽ、あんっ♥　あたしのおまんこを押し広げて、あっ、ん、はぁっ……♥」

そのまま、ぬぷぬぷと挿入していく。

「あぁっ♥」

膣襞が肉棒を歓迎し、きゅっきゅと吸いついてきた。

「あんっ、あっ、んっ……」

サバーカがこちらの背中に手を回し、抱きついてくる。

小さな身体に反した大きなおっぱいが、俺の身体でむにゅりと柔らかくかたちを変えた。

「あふっ、ん、あぁっ……♥　硬いのが、中に、ん、はぁっ……。お外でこんな、んぁ、おチンポ、挿入されちゃってる……犯されちゃってるぅ♥」

「う、そんなに締めつけてくるな……」

「ぁうっ、クロートのが太いから、んぁ、ああっ♥」

彼女のおまんこは、肉竿を締めつけてうごめいた。

抱きかかえた状態のまま、俺は彼女の身体を上下させて、そのおまんこを擦っていく。

「あぁ♥　ん、はあ、あうっ、んぁっ……」

サバーカは嬌声をあげながら、俺にしがみついてくる。

「ああ、しっかりつかまっていろよ」

なにせ俺は、彼女を抱きかかえながら、その身体のほうを動かしてピストンしているのだ。

本来、あまり安定性のある体勢ではない。

サバーカが小柄だから、なんとかなっているけどな。

「あうっ、ん、あっ♥ んぁ、あうっ……」

しかし、こうして抱えながらするというのも、なかなかにいいものだ。

「あぁっ♥ ん、はぁっ、あくぅっ♥」

普段とは違う姿勢の新鮮さもあるし、ぎゅっとしがみつかれるというのも、そそるものがある。

もちろん、胸に当たるおっぱいの柔らかさも最高だ。

「あふっ、ん、はぁっ、ああっ♥」

俺はサバーカを抱えたまま、腰を動かしていく。

「んはぁっ♥ あっ、ん、ふぅっ……！ クロート、あっ、ん、ふぅっ、んぁっ♥ お外で、こんな格好で、あっあっ♥」

野外でのプレイに、彼女もいつも以上に感じているようだった。

俺は、彼女のお尻を支えている手を、尻尾のほうへと移していく。

「んはぁっ♥ あっ、尻尾、だめぇっ……！ これ以上気持ちよくなったら、あっ♥ ん、はぁっ、あたし、んうっ、あぁっ！」

尻尾をいじると、彼女の嬌声がさらに大きくなった。

「あんっ♥ あっ、ん、はぁっ……！ あふっ、ん、うぅっ、あんっ♥ あっ、んぁっ！」

俺は、もふもふと尻尾を愛撫しながら腰を振っていく

「あぁっ♥　んはぁっ、ん、くぅっ♥　だめぇっ！　あっあっ♥　そんなにされたら、あたし、もうイクッ！　あぁっ！」

嬌声をあげるサバーカが、ぎゅっとしがみついている。

俺はそのまま、ラストスパートをかけていった。

「んはぁっ！　あぁっ♥　イクッ！　んぁ、あふっ、んはぁっ♥　イクイクッ！　んぁ、イックウウゥゥゥッ！」

彼女が絶頂し、全身に力が入る。おまんこもぎゅっと締まり、肉棒を刺激した。

「ぐ、出すぞ！」

「んはぁ、ああっ♥」

俺はそのまま、彼女の中に射精する。

「あぁっ♥　ん、あふっ、んあっ♥　イってるおまんこに、せーえき、いっぱい出てるぅっ……♥　んぁ、ああっ……」

サバーカは望み通りに野外での中出しを受けて、うっとりと声を出した。

俺はしっかりと彼女を支え、そのまま精液を吐き出していく。

「あふっ……♥　ん、あぁ……」

やっと一息つくと、俺は肉棒を引き抜いていく。

「あふっ、クロート、んっ……♥」

彼女が甘えるようにキスしてきて、俺はそんなサバーカを抱きしめるのだった。

●

村での緩やかな暮らしは続いていく。

「クロート様、おはようございます」

「ああ……おはよう……」

休日の朝。今日もカナリアが俺を起こしに来た。

朝……というか、もう昼か。これ以上寝てしまうと、翌日にも響きかねない。

それを思って、カナリアが起こしに来てくれたのだろう。

彼女は俺が目を覚ましたのを見ると、窓へ寄ってカーテンを開いた。

日光が部屋に差し込む。そのまぶしさで、頭も起動してくるのだった。

「うーん……」

俺は上半身を起こしてのびをする。カーテンを開けたカナリアが、こちらへと戻ってきた。

「おはようございます」

あらためてそう言ったカナリアが、前屈みになって俺をのぞき込む。

ふむ……。美女に起こされるというのは、やはりいい目覚めだな。

それにカナリアは今、その大きな胸が強調されている。

柔らかそうに揺れるおっぱいは、寝起きで理性が上手く働いていないこともあって、すぐにでも飛びつきたくなるほどだった。

「クロート様……♥」

そんなことを思いながらおっぱいを眺めていると、カナリアの視線が俺の股間へと向いていたのだった。

「ここ、こんなに大きくされて……このままでは、苦しいですよね？」

「うぉ……」

彼女はそのまま、膨らんだ股間を優しくなでてくる。最初はただの朝勃ちだったものの、そうして刺激されていると、ムラムラと湧き上がってくるのだった。

「私がご奉仕させていただきます♥　今日はお休みですし、すっきりされたほうがいいですよね♪」

そう言って、俺のズボンへと手をかけてくるのだった。

「ああ……♥　こんなに逞しいおちんちん♪　朝からすごく元気ですね」

彼女は肉棒に手を伸ばすと、優しく握ってしごき始めた。

「熱くて硬いおちんぽ……♥　しーこ、しーこ」

彼女は手コキを始め、上目遣いにこちらを見てくる。

「クロート様……ん、ちゅっ♥」

カナリアは、肉竿の先端に軽くキスをしてきた。

「おちんちん、ぴくって反応しましたね♪　れろぉっ♥」

「おぉ……」

彼女はぺろりと裏筋を舐め、そのまま舌を這わせてきた。

「れろっ、ちろっ……クロート様の、朝一ザーメン、搾り取らせていただきますね♪　ぺろっ」

カナリアの舌が肉竿をなめ回し、愛撫してくる。朝から刺激の強すぎる状態だ。

「あむっ、れろっ、ちゅぱっ……♥　ん、ふぅっ……」

彼女は上目遣いにこちらを見ながら、肉棒をなめ回していった。

「れろろっ、ちゅぷっ……ん、ぺろぉ♥」

伸びる舌がいやらしく肉竿を這い回る。

「あむっ、ちゅぷっ、ぺろっ、ちゅぷっ♥　こうして、んっ……裏筋の敏感なところも、ちろっ、れろろろっ！」

「う、カナリア……」

彼女の舌が肉棒を責め、どんどんと高めてくる。

「クロート様、ん、一度出して、すっきりして一日をはじめましょうね♥　れろっ、ちろっ、ちゅぷっ、れろろろっ」

「ああ……！」

「あーむっ♥」

彼女は片手で肉棒を支えると、先端を加えてしゃぶりだした。

「じゅぽっ、じゅぷっ、ん、れろっ、ちゅぽっ……ちろっ！」

温かな口内に亀頭が包まれ、唇がカリ裏を刺激する。

「れろろっ……ちゅぷっ、ちゅぱっ……♥　れろろろろっ♥」

「う、あぁ……」

舌がなめ回してきて、敏感なところをピンポイントに狙っていた。

「ん、ちゅぷっ、おちんぽを、お口の奥まで、んぶっ、じゅぽっ♥」

「あぁ……いきなり深いな」

頭をゆっくりと動かし、肉棒をじゅぽじゅぽと愛撫してくる。

唇が肉棒をしごき、同時に舌先も動いている。

「んむっ、ちゅぱっ……れろっ、ちろろっ……あむっ、じゅぷっ……ん、先っぽから、んぁっ、じゅぷっ……我慢汁がでてきていますね♥」

そう言って、彼女はさらに頭を動かしていった。

「あむっ、じゅっぽっ、んぁっ……れろっ、ちゅぷっ……ぬぶぶぶっ、じゅるっ♥」

カナリアは口いっぱいに肉棒を頬張り、唇を伸ばして根元のあたりまで刺激してくる。

きれいな顔の彼女が、下品なフェラ顔をしているのは、ものすごくそそるものがあった。

「ん、はりつめたおちんぽ♥　もっと刺激していきますね♪　じゅぶじゅぶっ♥　じゅぽっ、じゅぶぶぶっ！」

「あ、ぐっ、そんなにされると……すぐに出そうだ……」

俺が言うと、彼女は妖艶な笑みを浮かべた。

「いいですよ♥　クロート様の新鮮な精液、ん、ちゅぱっ♥　私のお口に、何度でも出してください♪　じゅるっ、じゅぶじゅぶじゅぶっ！　はう……気持ちよく、吐きだしてくださいね♥」

「ああ……！」

彼女がさらに勢いよく、フェラをしてくる。

「じゅぷぷっ！　じゅるっ、ん、逞しいおちんぽ♥　吸いついて、じゅるるるるっ！」

「あうっ……！」

彼女はバキュームも加えて、肉棒を吸い尽くしていった。

「じゅぶじゅぶっ！　じゅるっ、ちろっ、じゅぽぽっ！」

彼女はへげしく肉棒に酢突き、バキュームをしながら射精を促してくる。

「じゅぶぶぶっ♥　んぁ、じゅぽっ、れろろろっ！　じゅぶっ、ん、先っぽ膨らんで、んっ、もう出そうですか？　じゅぶぶっ、じゅぽっ……！」

「ああ、出る！」

俺が言うと、彼女は追い込みをかけてきた。

「じゅぶぶぶっ！　じゅぽじゅぽっ！　ちゅぶっ、ん、はぁっ……♥　れろっ、じゅるるっ、じゅぷっ、じゅぼぼぼぼぼっ！」

「うぁっ！」

どびゅっ！　びゅくっ、びゅるるるるるっ！

俺はそのまま我慢せず、カナリアの口内に遠慮なく射精した。おまんこともまた違う、吸い込まれるような解放感で腰が震える。

「んむっ!? ん、ちゅううぅっ♥」

「あぁ……!」

カナリアは射精中の肉棒にしゃぶりつき、精液を絞りとっていく。

「んくっ、ちゅぅ、こくっ……ちゅるるっ、んっ、ごっくん♪ ……あふっ、クロート様、んっ、はぁ……朝の濃いせーえき、いただいちゃいました♥」

彼女は俺の白濁をしっかりと飲みきると、チンポから口を離して、笑みを浮かべた。

「これで、すっきりと一日を始められますね」

「ああ……」

俺は射精後の気持ちよさに浸りながら、うなずいた。

すっかり唾液まみれになってしまった肉棒を、カナリアが拭き取ってくれる。

「クロート様……夜には、私のアソコでご奉仕させてください♪」

そう言って、彼女は陰嚢を優しくなでてきた。

「それまでに、このご立派なタマタマに、いっぱい精液溜めておいてくださいね♥」

朝から美女に抜いてもらい、夜はさらに求められる……。

そんな幸せな休日が始まるのだった。

エピローグ　魔法使いのハーレムライフ

その後も、俺は村で幸せに暮らしていた。今は村でのんびりと、頼れる魔法使いとしてみんなに感謝されながら、穏やかな生活を送っているのだった。

物欲的な華やかさからは離れたが、俺にとってはこちらのほうが合っているようだった。

精神的に余裕ができて、ずいぶんと楽になった。

魔法によって村も発展し、生活が便利になっているのも心地よく感じる要因だろう。

さすがに、不便なことばかりだと余裕もなくなってしまうからな。

しかし今は、いいバランスで成り立っている。

のんびりと働く暮らしは、とても安らぐものだった。そして夜になれば……。

カナリアたちが代わる代わる、時には同時に俺を求めてくれて、美女たちと熱い夜を過ごすことになるのだった。そして今日も、彼女たちが部屋を訪れる。

「今日は三人でご奉仕させていただきますね」

「クロートってば、ちょっと家を空けてたもんね」

「ん、だから、三人ともきたの」

「ああ、そうか……」

仕事の都合で、二日だけ村を出ていたのだった。

必要なレア素材を取りに行っていたのだが、まあまあ危険だというのと、さらに改造した魔導車は俺ひとりのほうが扱いやすいということで、サクッと単身で素材を取りに行っていたのだ。

弟子として修行を積み、今では立派な魔法使いとなったサバーカならついてこられる範囲でもあったのだが、もし村で何かあったときに対応できなくなるからな。

まあその何か、というのは危険なことではなく、例えば風呂やかまどなど、魔法で便利になった道具が壊れたときというような状態のことだが。

ともあれ、そんなわけで二日ほど家を空けていたのだが……。

普段はずっと一緒にいることもあり、彼女たちはそれを寂しく感じてくれていたらしい。

こんなふうに三人に求められ、迫られるなんて、男冥利に尽きる話だ。

「クロート様、こちらへ」

「ああ」

「ん、お洋服、脱がせる……」

サバーカもさっそく俺の服に手をかけて、脱がせてくるのだった。

そして、シュティーアがわざと俺に見えるように、その服を脱いでいく。

ぱさり、と服が下に落ち、彼女の豊かな爆乳が揺れる。

その光景は、思わず見とれてしまうものだ。

「ん、じっくり見られると、ちょっと恥ずかしいわね」

そう言いながら、胸を腕で隠すシュティーア。しかし、その動きでむにゅんっとおっぱいが形を変え、腕からハミ出してしまうのは、かえってエロかった。

「あむっ♪」

「うおっ……」

そんな光景に見とれていると、かがみ込んだサバーカが、ぱくりと肉棒咥えてくる。

「あむ、じゅるっ……」

まだ膨らんでいないそこが、彼女の口に包み込まれる。

「れろっ、じゅぷっ……」

そしてそのまま、口内で転がすように刺激される。

「れろっ、ちろっ……あっ、大きくなってきた」

「そりゃ、そんなふうにしゃぶられたらな……」

「あむっ、ん、大きくて、お口に入りきらない……あうっ……」

勃起竿を一度口から出すサバーカ。

彼女の唾液でテラテラと光る肉棒を、すぐ側で見つめていた。

ガチガチの剛直にくっつくほどに、サバーカの顔が近いのでムラムラする。

そんなことを考えていると、サバーカが再び舌を這わせてくる。

「れろっ、ちゅっ♥」

「うっ……」

亀頭にキスをされ、くすぐったいような気持ちよさに声を漏らした。

「それじゃ、わたしも、れろっぉ♥」

「おお……」

シュティーアも俺のところにかがみ込み、肉棒に舌を這わせていく。

「クロート様、ぎゅっ」

そしてカナリアは、そんな彼女たちと位置をずらして、後ろから抱きついてきた。

すでに服を脱いでいるようで、彼女の柔らかな生おっぱいの感触が、背中に伝わってくる。

「ん、ふぅっ……♥」

むぎゅっとおっぱいが押しつけられ、耳元でエロい吐息が聞こえる。

「れろっ……」

「ちゅぱっ……」

「おぉ……たまらないな」

その間にも股間ではふたりが顔を寄せて、俺のチンポを舐めていた。

「れろろろっ……ぺろっ」

「ちゅぱっ、れろっ……」

シュティーアとサバーカのふたりが、ぺろぺろと肉棒を舐めてくる。

「それでは私も、れろぉっ」

「うぉっ……」

後ろから抱きついているカナリアが、耳を舐めてきた。

「ぺろっ、ちゅぷっ、れろぉ♥」

いやらしい水音が、耳に直接届いてくる。

「れろろろっ……」

「ちゅぷっ、ちゅぱっ♥」

肉竿のほうも舐められているため、それがより臨場感を増していく。

「れろろっ。ぺろっ、ちゅっ♥」

「ちゅぷぷっ……ぺろっ」

「じゅるっ、れろれろっ、じゅぷぷっ……」

三人から舐められ、俺はその気持ちよさに浸っていった。

「あむ、じゅぽっ……」

そしてサバーカが、先端を咥えこんでくる。

「ちゅぷっ。ちゅっ……」

唇にカリ裏を擦られながら、温かな口内に包み込まれる。

「んむっ……ちゅぷっ。れろろろっ」

「うお、それは、うっ……」

舌先がいよいよ、鈴口を舐めて責めてくるのだった。

「あむっ、ちゅうっ、ちゅぱっ……」

「クロートってば、気持ちよさそう……♥　それじゃわたしは……」

そう言ったシュティーアは、さらに口元を下げていく。

「れろぉっ♥」

そして、陰嚢へと舌を這わせてきたのだった。

「二日も出してなくて、溜まってるでしょ？」

「ああ……」

彼女の舌が、陰嚢を持ち上げるように刺激してくる。

普段は毎日セックスしているから、たしかに溜まっていた。

「あはっ♥　タマタマ、ずっしりしてるわね……♪　この中に、れろぉっ♥　ザーメン、いっぱい詰まってる♪」

「う、あぁ……そうだな……」

「今日は、二日間ため込んでた分も、ぜーんぶ出してもらうからね♥」

「あむっ、じゅるっ、えろろろっ……♥」

「じゅぷっ、ちゅぱっ♥　れろぉっ」

三人の愛撫を受け、どんどんと射精欲も増してくる。

シュティーアが言うように、二日我慢したことで、限界も早いようだ。

「ほら、タマタマを、れろぉ♥」

「う、あぁ……」

「ん、先っぽ、膨らんできてる……じゅぶぶっ！　じゅるっ、れろっ、ちゅぱっ♥　れろろっ、ちゅううぅっ！」

サバーカが亀頭に吸いつき、バキュームしてくる。

「じゅぶぶぶっ、ちゅぱっ、れろっ、じゅぶっ、ちゅぽっ♥」

「あぁ、出るっ……」

「ん、れろろろっ……ちゅっ、ちゅぶっ……じゅぼぼっぼっ！　じゅるるるっ、れろっ、ちゅううぅぅっ♥」

「ああっ！」

どびゅっ！　びゅくくっ！

「んむっ!?　んんっ♥」

俺はその吸いつきに耐えきれず、射精した。

「んむ、ん、んんっ♥」

サバーカが、勢いのいい射精を口で受け止めていく。

「んむっ、んく、んんっ……♥」

大量の射精ｓで、彼女の頬が膨らんだ。

しかしそのまま、サバーカは精液を飲み込んでいく。

「ん、んくっつ……ん、ごっくんっ♪　あふっ……♥　すっごい濃い精液……♥　いつもより匂いも強くて、あうっ……」

サバーカが精液を飲みきると、うっとりと言った。

「あぁ……♥」

彼女は発情した顔で、俺を見上げた。

「こんなに強い雄の匂いを感じたら、身体がうずいちゃう……♥」

サバーカはそう言うと、身を起こした。

「ん、ちゅぷっ」

「うおっ」

そのすきに、今度は側にいたシュティーアが、肉棒に吸いついてきた。

「れろっ、ちゅぅっ♥」

「う、今は敏感だから……」

「あふっ、んっ……今日はまだまだいけるでしょ？」

「ああ、もちろん」

「ん♥　ちゅ……」

シュティーアは肉竿をから口を離し、上目遣いにこちらを見た。

そしてサバーカに続いて、ベッドにあがる。

「私も、んっ、クロート様が欲しいです♥」

カナリアも同じようにした。

そして、三人が四つん這いになり、こちらにそのおまんこを向けている。

サバーカを真ん中に、左右にカナリアとシュティーアがいる形だ。

「クロート様、来てください」

まずカナリアが、その潤んだ蜜壺を見せながら言う。

「こっちも、んっ、準備できてる……」

サバーカは、お尻と一緒にしっぽをふりふりしながら誘った。

「ね、クロート、んっ♥　私も、クロートのおちんちんが欲しくて、こんなになっちゃってる♥」

シュティーアは自らの割れ目をくぱぁと広げながら、おねだりをしてきた。

そんなふうに美女三人に求められて、俺は滾っていく。

エロい姿で誘う三人を目にして……。

俺はまず、カナリアへと手を伸ばすことにした。

「あっ♥　クロート様……♥　んっ……」

その丸みを帯びたお尻をつかみ、濡れた膣口に肉棒をあてがう。

「あふっ……♥　クロート様、きてください……そのまま、んあぁっ♥」

ぐっと腰を突き出し、おまんこを貫いた。

「あふっ♥　ん、はぁっ……！」

もうすっかりと濡れているカナリアの膣穴は、肉棒をスムーズに受け入れた。

「あぁっ♥　ん、はぁっ……クロート様、んっ……」

彼女は嬌声をあげながら、肉竿を受け入れている。

「ん、ふぅつ、あっ、あぁっ……」

最初からハイペースでピストンを行い、容赦なく責める。

「あぁっ♥　ん、はぁっ、ん、くぅっ……！　んはぁっ、あっ……」

そしてある程度往復したところで、一度カナリアから肉棒を引き抜いた。そのまま隣のサバーカの腰をつかみ、もうとろとろになって肉棒を待っているおまんこに挿入していく。

「んはぁぁっ♥　あ、一気に、んうぅっ！」

華奢な身体の、狭いおまんこが肉棒を締めつけてくる。

うねる膣襞が肉竿を咥えこみ、蠢動する。

「あぁっ♥　ん、はぁっ、あふっ、お腹の中、いっぱいに、おちんぽが、んうぅっ♥」

俺は勢いよく腰を動かし、その膣襞を擦りあげていった。

「ん、はぁっ♥　あっ、ん、ふぅっ……♥　クロート、んぁっ！」

サバーカが嬌声をあげていく。

それに合わせて膣襞もうごめき、肉棒を刺激してきていた。

「あぁっ♥　ん、はぁっ……あうっ……」

「ぐっ、すごい締めつけだ」

「あぁっ♥　あたしの中、広げられてる、んぁ、あうっ♥」

ピストンのたびに、サバーカがあられもない声を出していった。

「あっあっ♥　ん、はぁっ、あうっ……♥」

きゅっと締まる膣道。

「あっ、んうぅっ……♥」

俺は一度肉棒を引き抜くと、今度はシュティーアへと向かう。

「クロート、んっ」

「おうっ……！」

その膣口に肉棒をあてがうと、彼女は自分から求めるように身体を動かし、そのおまんこで肉竿を咥えこんできた。

「あんっ♥　あ、太いの、入ってきたぁ……♥」

「う……そらっ！」

「んはぁあっ♥　急に突くの、だめぇっ♥」

俺は一瞬驚いたものの、すぐに抽送を開始する。

待ちきれずに吸いついてくる淫乱おまんこを、ズブズブと往復していった。

「あぁっ♥　ん、はぁっ！　すごい、んうぅっ、ああっ……！　力強いピストンで、んっ、わたしの中、かき回されてるぅっ♥」

シュティーアは気持ちよさそうな声をあげながら、快楽に身体を揺らしていた。

「あっ、ん、ふぅっ……あぁっ！　おちんぽ、奥まで、ん、はぁっ……！」

そして俺は、再びカナリアのほうへと向かう。

「んはぁあっ！　クロート様、ああっ！」

「んうぅっ、あっ、あふっ……！」

「あぁぁあっ！　んぁ、あんっ♥」

俺は、三人のおまんこを代わる代わる突いていった。

「ああっ♥　来てください、もっと、んあああ！」

「ひうぅっ♥　そこ、あっあっ♥　んはっ！」

「んくぅっ！　あっ、あうっ、んはぁっ……♥」

若く美しい三人がおまんこを差し出し、それを自分ひとりで味わっていく贅沢さ。

雄としてこの上ない状態で、興奮も高まる一方だ。

「あぁ♥　ん、はぁっ、あっ、ふぅっ、んっ……♥」

「あっあっ♥　すごいの、ん、はぁっ……あぁぁっ！」

「あうっ、おまんこ、いっぱいかき回されて、あっ、んはぁっ♥」

「ぐっ、三人とも……」

三人同時に相手にするとなると、やはり俺のほうもけっこうきつい。

幸せな悲鳴というやつか。

「あんっ♥　あっ、クロート様、あっ、私の中に、んっ……」

「あうっ、ん、あたしも、出して欲しぃ……♥　クロートの子種汁、ん、はぁっ……」

「んはぁぁっ♥　あっ、あぁ……わたしにも出してぇっ……♥」

「みんな、うっ……」

それぞれのおまんこが、精液を搾り取ろうとうごめき、刺激してくる。

中出しをお願いされる幸せな状態だ。

「あんっ♥　あっあっ♥　すごい、ん、はふっ、もう、イキそうです……」

「あたしも、ん、はぁっ、ああっ……♥」

「あふっ、ん、クロート、きて……わたしのイッてるおまんこで、あっ♥　ん、ふぅっ……精液、搾り取ってあげる♥」

「う、あぁ……」

三人が盛り上がるにつれて、その膣襞も素直に吸いついてくる。

交代でおまんこを突いている俺には、休む間もなく快楽が与えられているのだった。

「あぁっ、ん、はぁっ♥　あう、ふぅっ、ん、ああっ……♥　あっあっ♥　もう、いくぅっ、ん、はあっ♥」

シュティーアが声をあげながら、射精を求めておまんこを締めてくる。

俺のほうも、そろそろ限界だ。それなら……。

俺は彼女のお尻を、がっしりとつかむ。

ハリのある尻肉を感じながら、腰を高速で動かしていった。

「んはぁっ♥　あっあっ♥　イクッ！　イっちゃう！　ん、あっ、はぁっ……♥」

「ぐ、俺もいきそうだ……！」

そのまま彼女のいちばん奥まで突き、腰を振っていった。

「あぁっ♥　んはぁっ♥　もう、イクッ！　あっあっ♥　んぁ、あっ、あああっ！　イクッ、イクウウゥウッ！」

「う、出すぞ！」

「んはぁぁぁぁっ♥」

俺はシュティーアの絶頂に合わせ、そのまま中出しをきめる。

行き止まりに押しつけながら、一気に吐きだした。

「あっ♥　ん、はぁっ♥　ああっ……♥」

ドクドクと、彼女の中に精液を注ぎ込んでいく。

「しゅごい、ん、熱いの、いっぱいでてる……わたしの奥に、んっ♥」

快感で姿勢を崩した彼女を支えながら、肉棒を引き抜いた。

「ん、クロート……えいっ」

「おお……」

そんな俺を押し倒すようにして、サバーカがまたがってきた。

「もう、我慢できない、んっ……ふぅっ……」

そしてそのまま、騎乗位でペニスを咥えこんでいく。彼女はこの体位が好きなようだな。

うねる膣襞が、射精したばかりの肉棒を絞り上げてくる。

「あっ♥　ん、はぁっ……このまま、動く、ね……」

「ああ……」

サバーカはそう言って腰を動かし始める。

「あっ♥　ん、はぁっ、あうっ、んぁっ♥」

俺の上でグラインドしていくサバーカ。

「あぁっ♥　ん、はぁっ、ん、くぅっ……！」

その相変わらず狭い膣内が、抵抗しながらも広げられていく。

膣襞が吸いつき、肉竿を絞っていく。まだまだ初々しい締めつけで、ほんとうに気持ちいい。

「あぁっ♥　ん、はぁっ、あっ、ん、ふぅっ……んはぁっ！」

俺は下から、そんなサバーカを見上げる。

細い身体が動くのに合わせて、大きなおっぱいが弾む。

「あっあっ♥　ん、ふぅっ……すごい、んっ……いちばん奥まで、あっ♥　おちんぽが届いて、ん、ふぅっ、ああっ……」

俺は腰を振るサバーカに手を伸ばし、おっぱいを下から支えるように揉んでいった。

「あんっ♥　あっ、ん、はぁっ……！　クロート、ん、ふぅっ、あぁっ……！」

サバーカは胸への刺激に、嬌声をあげた。

「あっ、ん、はぁっ……下から、ん、おっぱい、ん、はぁっ、ああっ……！　あんっ♥　そんなに揉まれたら、んっ……」

気持ちよさそうに言いながら、胸を俺に差し出すようにして、前傾姿勢で腰を振っていった。

「あっあっ♥　ん、はぁっ……♥」

そんなサバーカの胸に触れながら、乳首をいじっていく。

「ひうつ、ん、はぁっ……♥　あぁっ、乳首、ん、あうっ、だめぇっ……♥　あっ♥　気持ちよすぎて、力、抜けちゃうからぁっ……♥」

快感に流され、サバーカの動きが乱れてしまう。

「あぁっ♥　ん、はぁっ……」

そんな姿も可愛らしいが、こうして感じているところを見ると、もっと乱れさせてしまいたくなるのだった。

「あっ♥　ん、はぁっ、乳首くりくり、あっ、ああっ……！」

指先で乳首をいじっていくと、ぴくぴくと反応してくれる。

「あぁっ、んはぁッ、イクッ、んあぁぁっ♥」

乳首責めもあり、彼女は軽くイったようだ。しかしまだ充分ではない。

俺はサバーカの細い腰をつかむと、支えながら突き上げていく。

「んはぁっ♥　あっ、それ、んぁっ……おちんちん、奥までズンッてきて、あっ、ん、はぁっ……んくぅっ！」

俺はそのまま、下から彼女のおまんこを突き上げていく。

「あふっ、ん、はぁっ……♥　あっ、ん、あぁっ！」

彼女が嬌声をあげながら、自分でも再び腰を振っていく。

「あぁっ……♥　ん、はぁっ、あっ、ああっ……さっきより、すごいのきちゃう……♥　ん、はぁっ、あっ、あぁっ！」

「ああ、いいぞ、そのまま……」

俺はさらに激しく腰を突き上げ、いつまでもキツいおまんこをかき回していく。

「んはぁっ♥　ああっ、もう、んっ、あぁっ……イっちゃう♥　すごいの、あっあっ♥　ん、はぁっ、くぅっ！」

嬌声とともに膣襞が震え、肉棒を締めあげてくる。

「あぁっ♥　ん、はぁ、んくぅっ！　あっあっ、もう、イクッ！　あぁっ♥　ん、はあぁ、イクッ！　んあああぁぁぁっ！」

サバーカが絶頂し、その膣襞がますます密度を増す。

「ぐっ、出すぞ！」

絶頂にタイミングを合わせて、俺も射精した。

「あぁっ♥　ん、はぁっ、熱いの、奥まで、んあぁっ……！」

中出しを受けて、彼女はまたイったみたいだった。

「あふっ、ん、はぁっ……」

そしてその快楽で、気が抜けたようにクタっとなる。

俺は肉棒を引き抜き、サバーカをベッドへと寝かせた。

「クロート様……♥」

そして、最後にカナリアへと向き合った。

「あんっ……きてください……」

彼女は仰向けになり、足を広げていやらしく俺を誘ってきた。

そんな姿を見せられれば、滾ってしまうのも当然だ。カナリアとのセックスでいつも俺は癒やされ、興奮し、最高に気持ちよくなれる。もう彼女なしでは、暮らしていけないだろう。

俺は愛しいカナリアへと覆い被さると、まだまだ元気な剛直を膣口へと押し当てた。

「ん、ふぅっ……♥」

くちゅり、と愛液の音とともに、肉竿がその入り口をこじ開ける。

「いくぞ、カナリア」

「はい……♥」

そのまま、膣内に侵入していく。

「あっ、ふぅっ……クロート様、んぁっ♥」

肉棒を待ちわびていた膣襞が、スムーズに受け入れつつもぎゅっと包み込んでくる。

温かさに包まれただけで、心が震えた。

「あっ♥　ん、はぁっ、ふぅっ……」

積極的な抱擁を受けながら、俺は最初からハイペースで腰を振っていく。

「んはぁっ♥　あっ、ああっ……♥　大きなおちんぽで、そんなに、中を突かれたら、私、あっ、すぐにでもイってしまいます……♥」

「ああ、好きなだけイっていいんだぞ、ほら！」

「んはぁっ♥」

彼女は嬌声をあげながら、快楽に飲まれていく。

「あぁっ♥　んっ、待ってる間に敏感になっちゃったおまんこ、そんなに強くされたら、はぁ♥」

彼女はかわいい声を出しながら、乱れていく。

「あぁっ♥　ん、はぁっ、あんっ……！　イクッ、イっちゃいますっ！　はぁっ、あうっ、あっ！」

彼女の身体にきゅっと力が入り、それに合わせて膣道もみちみちに締まっていった。

俺はそんなおまんこを、容赦なく突いていく。

「んはぁっ♥　あっ、ん、ふっ……あっあっ♥　イクッ、あぁっ！　イク、ん、はぁっ、あああぁぁぁっ！」

カナリアがあられもない声をあげながらイった。

「あっ♥　クロート様、ん、あぁっ、絶え間なく突かれたら、あっ、ん、はぁっ……♥　気持ちよすぎて、おかしなっちゃいますっ♥」

そう言いながらも、その膣襞は肉棒をしっかりと咥えこんでいる。

その強烈な締めつけに、俺もまた限界を迎えそうだ。

せっかくだし、このまま、と俺は腰のスピードを上げていく。

「あっ♥　ん、はぁっ、クロート様、あっ、いっぱい……きてくださいっ……♥　そのまま、私の中に、んぁっ、クロート様の、子種を……♥」

カナリアはそんなエロいおねだりをしながら、おまんこを締めてくる。

俺はそのまま、カナリアを孕ませるつもりで、射精に向けて思いきり突いていった。

「んはぁっ、ああっ♥　ん、ふぅっ……敏感なおまんこで、あっ、クロート様が、射精しそうなのを感じますっ……♥」

「ああ、そうだな。もう、イキそうだ」

俺が言うと、彼女がしなやかな足を俺の腰へと絡めてきた。

「奥で、あっ、出してくださいっ♥　ん、あふっ、あぁっ……」

いわゆるだいしゅきホールドで、俺はしっかりと彼女の奥へと導かれていく。

「んはぁっ♥　あっ、私のなか、全部クロート様に埋められて、あっ♥　イクッ、イクイクッイイッ
クウウゥウゥウッ！」

「う、あぁ……」

どびゅびゅっ！　びゅくっ、びゅるるるるるっ！

俺はそのまま、ホールドされた状態で射精していく。

「んはぁぁぁーっ♥　あっ、ああっ……クロート様の、んっ、熱いせーしが、んぁ♥　私の子宮に、
直接注がれてますっ♥」

うっとりと言いながら、カナリアは精液を絞りとっていく。

「あふっ……ん、はぁ……」

そして快楽の余韻に、ぐったりと浸っていくのだった。

俺もさすがに体力を使い果たし、肉棒を引き抜くと、そのまま三人の横へと転がる。

「クロート……♥」

「ん、あたしも……ほしい」

そんな俺にまた、美女たちが抱きついてくる。

魅力的な女性に囲まれ、その柔らかさと温かさを感じていく。

「んっ……♥」

彼女たちも安心したように、そのまま俺に抱きついているのだった。

ほんとうに、最高のハーレムだ。こんな幸せが、これからもずっと続いてほしい。

俺は幸福感に包まれながら、眠りに落ちていくのだった。

あとがき

みなさま、こんにちは。もしくははじめまして。赤川ミカミです。

年々、体感的な時間の流れが早くなっていき、気がつけばもう今年が半分近く終わっていることに驚いています。

ともあれ。

嬉しいことに、今回もパラダイム様から本を出していただけることになりました。

これもみなさまの応援あってのことです。本当にありがとうございます。

さて、今作はブラックな職場をクビになった主人公が、田舎に移り住んで、そこでハーレムを作る話です。

本作のヒロインは三人。

奴隷少女のカナリア。

ギルドをクビになった日に、長いこと売れていないということで処分されそうになっていた彼女と出会い、クビになった自分と重ねた主人公は彼女を購入しました。

処分されるはずだったところを助けたこと、彼女の呪いを解いたことで、すっかり懐いて、尽くしてくれる少女です。

次に、移り住んだ村に暮らしていたお姉さんのシュティーア。

面倒見がよく優しい彼女は、珍しくこの村に引っ越してきた主人公の世話もいろいろとしてくれます。

村にはいなかった優秀な魔法使いということで、ブラックギルド時代は評価されなかった主人公を、素直に褒めてくれる存在でもあります。

最後のひとりは、違法な奴隷商から逃げ出してきた獣人少女のサバーカ。行き倒れていたところを助けられた彼女は、最初こそ警戒するものの、助けてくれた主人公に懐いていきます。

そんなヒロイン三人とのいちゃらぶハーレムを、お楽しみいただけると幸いです。


それでは、最後に謝辞を。

今作もお付き合いいただいた担当様。いつもありがとうございます。またこうして本を出していただけて、本当に嬉しく思います。

そして拙作のイラストを担当していただいた「ひなづか涼」様。本作のヒロインたちをたいへん魅力的に描いていただき、ありがとうございます。特に獣人であるサバーカの、かわいくもきわどい姿が素敵です。

最後にこの作品を読んでくれた方々。過去作から追いかけてくれた方、今回初めて出会った方……ありがとうございます！

これからも頑張っていきますので、応援よろしくお願いします。

それではまた次回作で！

二〇二一年四月　赤川ミカミ

キングノベルス

ブラックギルドを追放《ついほう》された神《かみ》級《きゅう》魔《ま》法《ほう》使《つか》い、奴隷《どれい》に愛され大逆転《だいぎゃくてん》！
〜鍛錬《たんれん》はベッドの上《うえ》で過《か》激《げき》に!?〜

2021年 5月 28日　初版第1刷 発行

■著　　者　　赤川ミカミ
■イラスト　　ひなづか涼

発行人：久保田裕
発行元：株式会社パラダイム
〒166-0004
東京都杉並区阿佐谷南1-36-4
三幸ビル4A
TEL 03-5306-6921
印刷所：中央精版印刷株式会社

KN089

赤川ミカミ
Mikami Akagawa
illust: ひなづか涼
帝立魔法学院の異端児は精霊彼女とのらくらくお気楽生活で最強になりました！
精霊少女レリアと共に、学院の
特待生となった魔法使いのラウル。
お嬢様や美人教師に一目置かれ、
のんびり生活でまさかの急成長!?
ごく平凡な魔法近いのラウルだが、精霊と契約できるレ
アスキルのおかげで、最高の研究機関でもある帝立学院
に入学した。光の精霊レリアと共に学ぶ彼の学院生活に、
教師フラヴィや侯爵令嬢ベルナデットも興味津々で…。